最果タヒ

神様の友達の友達はぼく

筑摩書房

神様の友達の友達はぼく

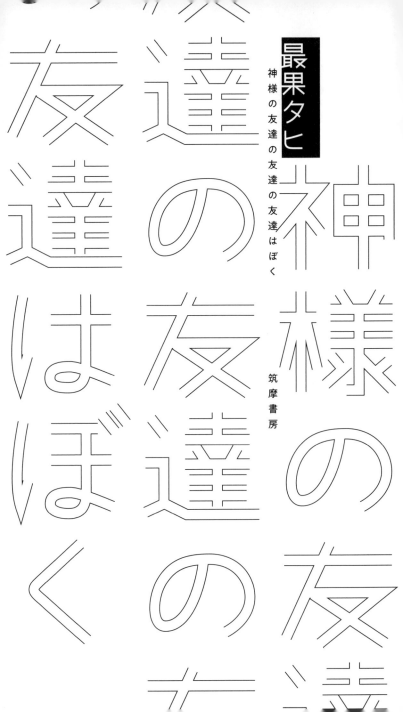

contents

contents

contents

ブックデザイン　祖父江慎＋cozfish

神様の友達の友達の友達はぼく

笑うのが好きじゃない

笑うのが好きじゃない、笑うのが好きじゃないとかいうと石を投げられてしまいそうだけど、笑うたびに「わたしは何を笑ったんだろうな」と自分で思うし、いつ人に「それは何を笑ってるん？」と聞かれないかと不安になる。人の笑顔はどうでもいいし、喜びがこぼれたような微笑みはむしろ好きだと思うけれど、それは笑みが好きなのではなく、喜んでいるという事実が好きなのだ。人の幸せを完全全身で祈っているという気はないけれど、人が幸せだとその人のことを考えなくて済むので安心をする。

面白おかしくて笑うようなことってあんまりなくて、そんなに笑ってしまうような面白かったりすごいことが起きると、笑うより先に驚きがくるし、わたしはよく人と話していると「面白くないですか？」と聞かれてしまう。面白いから真顔なんだが、面白くなくても真顔でいたかもしれないから、なんともいえないが面白いですよ。人は、笑顔をなんでそんな良いことのようにいうのだろう、人生における笑顔の大半は、コミュニケーションを円滑にするためにやる演出じゃないのか？　むかしチンパンジーの授業を受けたら赤ん坊は保護してもらうために本能で微笑むようになっている（人間もそう）と教えられて、社会のものでしかない笑顔の存在にほっとした。

人に笑ってほしい時に自分でまず笑ってみる、心を開いていていると見せかけるためにずっと微笑んで話す、場がもたないから笑顔を作ってみる、わたしはそれをやってしまう自分が好きではないのだ、人が真顔でいるのをみると、わたしはどうして笑うのだろう、と暗い気持ちになる。（真顔が怒りや嫌悪やアンニュイではなく思考の顔に見える人が好きである。）人が笑わないときの顔が好きだ。人とフレンドリーに話せないから、にやにやした顔をとりあえずして、そういう自分のだらしなさみたいなものにうんざりする。笑いたくないなら笑わない、を徹底したら人に嫌われたり怖がられたりするってのがわかっているから手放せないのだ。とか思って、自分が情けなくなってくる。

実際のところにやにや笑っても友達は増えないし別に好感度が上がるわけではない。嫌われたりするのが嫌だと思うならもう少し行動に出るはずだがそれもしないし、本当は人にこびるためという強い思いがあるわけでもなく、わたしはただ、惰性で微笑んでいる。面倒だから微笑んでいる。昔喫茶店の接客のバイトでニコニコしてたら（マニュアル喋ってたら）とりあえず話は済むという経験がまだ頭に残っているのかもしれない。昔の私はもっと笑わなかった。おもろいことに笑うことより、おもろないことに笑わないことの方が人間の、自分の尊厳を守るためには必要なんじゃないか。（しかし「おもろないで」と伝えるためのあえて笑わない真顔の顔は好きではない、おもろないでという気持ちになる時点でもうだめなのだ、笑いに支配されている自分が気になってしまう。）

　漫画を見ると笑う理由がないときに笑わない人がほとんどで、それは非常に漫画と現実の間に深い溝を作っているのではと思うこともある。表情が記号として成立しているということでもあり、記号にできないのに記号として機能してしまうからなあなあでやっている私のような人間は「このキャラクターは笑わないことができるんだな」と次元の差というものを感じる。映画は、好きな映画の場合は、笑ってしまう顔のようなものが瞬間に挟み込まれてすぐに抑えられたり、そういうのが見えると一気にその役者と映画が好きになる。表情が仕事なのに、表情を信用していないという風に見える役者が好きだし、そういう存在を許す映画が好きだ。どうか笑ってしまってそれに苦しくなるような瞬間を、細かく描写することも主題にすることもせずに自然の一部として残してくれないか。

わたしは自分のことを諦めていないし、こうやって笑ってしまうことをやめようとちゃんとまだ思っているのです。映画にあるような笑みに安堵しながらも、自分がこうでいいとは思わないです。わたしは映画ではないから。映画が自分の現実に接近するとき、そのことに安堵はしますが、それは自分の現実を自分が肯定する理由にはなりません。映画は作品だから、その接近に価値を持ちますが、わたしが同じような笑みをするということが映画の中の人物を肯定したりはしないのですから。わたしのことを映画のその笑う人物は好きではないのです。（当たり前の話を書いているみたいだけど、これは全然当たり前の話ではない。どうして映画を好きだと思ったときに、映画は私のことを好きではないのか、ということを考えないのは、映画と自分の間にある境界のことをはなから諦めすぎていると感じる。わたしは、そこを諦めた状態で映画を見ることができない。そんな見方は自然だとは思わない。そしてそれを自然と思えないから、わたしは映画を好きになれるのだ。）

わたしは笑わない人間になりたい、笑わない人間になりたいと思うのが人間というものだと、信じている。笑わない人間になりたいと思いながら生きている、誰もがそうだとわたしは勝手に思い込んでいる。笑顔が地球を救うというならわたしの死後に起きることであろう。ハッピースマイル。笑類人猿の赤ん坊の本能的な笑顔はめちゃくちゃによかった、全然世界救いそうにない笑顔だった、文脈もなんもなくて、これに癒されるのは親だけだろうというようなな。本人が笑っている自分に気づいていないのがよかったのだろうか。そこに、気持ちがないというのは美しい。笑顔は見る人間だけに見えるのが、たぶん一番ちょうどいい。

vs 星の王子様

書いてしまおうと急におもったから書くけど、中学の時に『星の王子様』を読んだら全くわからなくて、本当にそれが恐怖でたまらず、その土地が潤っていることはわかるのに、自分がそこに飛び込もうとするとぬかるみだった、足を取られた沈められてぶくぶく、というような感じで全然意味がわからなかった。何が書いてあるのかはわかるし、それは要するにどういうことなのかもわかるけれど、なぜそれを読まなくちゃいけないのだろうとおもった。知っていることだ、とおもった、真実とは知っていることだし、だからわざわざ知らせてくれなくてもわかっている。でもそれが、とても重要なことであるかのように、大切な記述であるようにみんないうのだ。自分もそうおもって読む日が来るのだろうか。そのときのわたしは、

「わからない」でいるわたしより、ほんとうに成長しているのだろうか。そんな日が来ないでほしい、とおもっていた。

少し経つと、この本が「真実を教える」ためにあるのではないと、わかった。結局本というのは、大切なことを読み手に新たに与えるものなんかではなく、その人が信じたいことや、道標にしているものを照らすようなものであるのだと思うようになっていた、中学のわたしはそのころまだ守るべき「自分にとっての真実」をさほど持っていなかったのだ、とも思った。大切なことは目に見えない、と言われても「そりゃそうやで」「よく聞く話やな」としか思わなかった、当時のわたしは幸福だったし、『星の王子様』を大切に思う人たちは、そのことを忘れたり知らなかったりするわけではない。それらのまわりを、くるくるまわっていられる、そういう惑星のような生き方をできるのは、ほんとうにわずかな時間で、大人になればなるほどいろんな引力に引っ張られて、遠ざかってしまったり、近づいたりする、そのときにこの星が、わたしが太陽と思っていた星だっけ、とふと不安になることもあって、それはたくさんの障害の中で、太陽だけを見ているわけにもいかず、目をそらして、目の前の問題にかかりきりになることも多いから。空の中で一度見失った太陽を、「あ、やっぱりそうですよね」と確認するのが、こういう本との時間なんじゃないか。それはとても大切だ、空が明るくても太陽がないと不安だ、昼だってちゃんとわからせてほしいのだ。

わからんと思ってから数年後、『星の王子様』を読み直したら、ほんと、とてもとても良い本で、前述のことを考えたのだ。当たり前のことやで、と思うことと、「大切なことやで」と思うことは、もしかしたら両立するのかも、とも、思い始めた、みんながこういう大切なことを何年も繰り返し、本の中で唱えるように読むことは、別におかしくないのではないか。そう思った。思いたかった。思ってしまいたかった、いい本だとは思ったけど、本当は、やっぱり自分にはそこは全然共感できないでいてしまったから。

面白くて好きな本だった、でも、「大切なことは目に見えない」はまあ、当たり前のことだな、とまだ思ってしまっていた。当たり前のことってなんでこんな何度も読まないとあかんの？　みたいな気持ちにやっぱりなって、そういう自分に青ざめた。この本を好きだと思ったからこそ、余計にそこが気になった。でもさ、こんな当たり前のこと、忘れへんわ、たとえ忙しくても、忘れへんよお！　みんなはこの本にとても大切なことが書かれていると言った。実はこの本に出会ったきっかけは学校の先生がこの本を絶賛していたからで、とても大切なことが詰まっている本だといわれていたからで、だから余計に「知ってるんやけどな、こんなこと全部」と思えてならなかったのかもしれない。大人はこんなことも、読まなきゃ思い出せないのか？　と当時のわたしはさみしくなった。

わたしはこの本が好きだったが

それは、小さな星に巨大な木が巣食うところとか、バラを守ろうとするところとか、そういうお話のかわいい面白さの点にあって、言ってしまえばウケていた。宇宙がもともと好きだから、描かれた世界やキャラクターが好きだった。もちろん、この本でいちばん美しい言葉を抜き出しなさいといわれたら、美しい結論の部分を抜き出すし、それは「当たり前のこと」と言えるところであるはずだ。でもわたしがこの本を読むのは、最初にあった羊の箱の話とかさあ、頭がキュッキュッって音を鳴らしそうな、磨かれる感覚が心地よかっただけなんですよ。

美しい言葉を抜き出しなさいといわれたら抜き出すけど、こんなのは読書体験とは関係がない。ただのリミックスである。読書体験は読書体験そのものでしか言い表せない。この本のよさは、抜き出せる部分になんてあるわけがない、読んでみろ、面白いから、で、終わりだとまだ思うのだ。

真実や当たり前のことは、確かにそこにあるけれど、「それらをどう用いるか」ということ、「どう語るか」ということこそが面白くて、たとえばキツネのセリフは抜き出すといくつも示唆的で、名言ともいえるが、しかし、そんなことよりそれを語るキツネを愛おしいと思うから、この本は物語として愛されているのでは？　と思えてならなかった。もしも、彼らが当たり前のことを一つも言わなかったら、この物語は空中分解して見えただろう、なぜならそれは荒唐無稽すぎて、接近することができないから。星の王子様はあんな、あんなにも「星の王子様」なのに、星の王子様に起きることや星の王子様の気持ちがわかる、という瞬間がある、だからついていける。それがなければ、星の王子様はただの宇宙人となってしまう。

わたしは真実を語っている物語、とか、大きな問題を提示する物語、とかが昔からどうも好きじゃなかった。それはたぶん読み終わった人の中に残る「真実」や「問題提起」なのだが、それがこの物語の肝だ、とか、物語の存在理由だと言われると、興醒めしてしまうところがあった。醬油を最後に足したチャーハンは美味しい。真実とは醬油である。香りがよく効いている。食欲増進。しかし、実はほんの少ししか入っていないのだよ。メインは米。肉。卵。わたしは、生きているが、わたしの人生が一つの答えを導くためにあるのだとか言われたら、マジギレする。わたしが死んだ後だれかに「この人はこういうことを証明するために生きたと言える」とかいわれたら、マジギレする。生きることは生きることがすべてであり、それを見て勝手にまとめるな、肝を作るな、しかも当たり前のことなんかを、肝に据えるな！　星の王子様は面白い、バラとけんかするし、羊を欲しがるし、公園に王子がいたらわたしは怖くて逃げると思う。「なんか怖い」と思うと思う。純粋な心を持っているとか、自分が忘れてしまった美しい愛を持っているとか、思わない。「なんだあいつは、やばいぞ」と思う。でも逃げた後、夕方になって美しい夕焼けが起きたら、「あの自称王子も見てるのかな」とは思うかもしれない。火事と勘違いしてないかな、とか思うかもしれない。そういう存在として星の王子様は好きで、彼がわたしに教えることなどない、教えてくれんでいい、美しいものをたくさん見てくれ、見つけてくれ。わたしの、知らんところでな。

烈火！烈火！烈火！

愛は情熱じゃないし、燃える炎でもないし、ただ私そのものの命が浮き彫りになって、自らが自らを灼き尽くすためだけにある業火だと、やっと思い知るだけのことで、その恐ろしさと自己完結であることに耐えられなくなりながら、それでもその火が照らす道が、きみの夜の帰り道かもしれないと期待すること。そういうことを考えながら歩いていたら悲しみとか虚しさではなくてただひたすら疲れていて、詩人だからこうやって書くことができるけれど、書くことである程度整理がつくけれど、と思う。私は自分が強烈に好きだと思うものには全て、何かをしたいと思うし、費やしたいと思うけれど、それはあんまりにも自己満足的であってそのことに費やそうとすればするほど思い知るのだ。愛するって難しく、恋愛はその難しさを骨抜きにする行為かもしれないな。そう、さっきまでの愛情の話は、アートや映画や偶像やそういうものへの愛についての話でした。恋愛は、この自己満足的な部分をひっくり返すから、人は戻って来れなくなるのではないか。

自分は昔から熱狂するとタガが外れることがあり、基本的に冷静なんかでは全然ないので、「何かを好きな自分」というものを客観視して面白がれる人とかをみると大人なんだなって思う。自分を「なんとかオタク」として俯瞰して、いじることができたりとか、どうしようもなさをどこかしらで昇華できたりとか、自らの熱狂を他者に面白おかしく話せるとか、そういうの。私は自分の熱狂に対して少しでも距離を置くことができない、少しでも距離を置いたら自分に対して驚いたり怯えたりしてしまうことが分かっているし、それをユーモアで乗り越えることができない。けれどだからって自分の熱狂が他者に比べればそこまでではないこともわかっていて、ただ自分が自分の熱狂に対して耐性がなさすぎて、熱狂する限りは、完全に理性を飛ばしておかないとやってられないというのがある。好きになる、その加速度に判断力を奪われる、というのが重要だった。他人から見たらもっと冷静に人生の花を植えるように楽しめ、という感じかもしれないが、人生を燃やしたくなってしまう。破滅なのだが、どうせ死ぬのに破滅しないって、ほんとは意味がわからない。

恋愛でない愛情が素晴らしいのは、その対象ではなく、自分自身のためにそれを好きであり続けられるので、何処までも油を注ぎ、恐れるものが何もないから。対象に何かを望むというわけでもなく、ただそれを好きだという自分に自分が応え続けている。消費行動もそうだし、時間を使うこともそうか。自己完結的で、誰のためにもならず、本当は、その対象のためになっている、とかも思いたくはない。結果的にそうなることがあるとしても、それを期待するのは苦手で、本当に本当にどこまでも自分だけのために愛し尽くせたら、それは平和なことに思う。

自己愛がなんなのかは知らないが、いわゆる「推し」ができるとなんとなく自己愛に満ちているなと感じる。愛する対象は推しであるが、それは徹底的に自己愛の問題、であるように見えるのだ。

つまり、破滅したい、とかいうのは自己愛の問題、ということになるのかな。

自分の人生が徹底的に自分の意思でダメになるとしたらそれは、人生を我が手に完全に収めた、ということともイコールかもしれず、あ、自己愛だ、と納得もしてしまうけれど、その矛盾というか、自己愛が破滅の方向に落ち着くというのは、私の弱さかもしれず、だから冷静になるのが恐ろしいのか。私は私の熱狂に常にドン引きをしていて、それでもその熱狂を止めることができない、笑うこともできない。大人として、趣味として何かを気軽に楽しむということがあまりできず、食事だって好きになると同じものばかり食べ、服も好きなら色違いを、安くもないのに買ってしまって、後でとても悲しくなったり、それを他人に笑って話すこともできない。一つのことだけでなくいつもこんな感じだった、だから趣味仲間とか作るのが私はめちゃくちゃに苦手で、自分が何を謳歌しているのかよくわからなくなってくる、不安ばかりが増えて、20代の頃通い詰めたライブハウスの帰り道に「何も楽しくないのでは」と急に思ったことが今でも残っている。思い出せばちゃんと楽しかったはずだ、でもそのときの「何も楽しくないのでは」という気持ちがくる瞬間のことは、多分気の迷いとかではなく、どうやっても避けられない、熱狂に全てを燃やすからこその反動だったと思っている。

何かの熱狂的なファンになることについて、「そんなことに夢中になっていて大丈夫なのか？」といういわゆる余計なお世話が世の中にはあって、だからこそ、「夢中になることは幸福なことだ、あなたの基準で私の人生を測るな」という返しはあるし、それは私も妥当だと思う。でも時々、幸福だけじゃないものがあり、それはでも「オタク」だからある、とかではなくて、趣味でないもの、家庭や仕事に対して身を焦がしていたってきっと表出するもので、仕事に明け暮れて達成感に満たされた直後だとか。無意味だった、と思うことはある。だから本当は、幸福ですという答えでないものを返せたらいい、仕事や家庭なら完全なる幸福なのか、というと、それも絶対違うだろう、人生に正解はない。私にはこれが正解です、ではない形で、私はこれで失敗すると決めたのです、と、言えるぐらいの私は業火でありたい。

強くも美しくもならない

女は難しい話なんてわからない、みたいな侮辱を先輩から受けた女性が実はすごい学歴だった、とか、オタク趣味の人にスポーツもしてこなかった軟弱もの、みたいなことを言ったら、実は陸上でいいところまで行った人だった、とか、そういうのはあって、人を大枠で捉えて決めつけて侮辱するなんてやめましょうね、というイソップ童話みたいな話であるのだけど、しかしいつも思うのは、じゃあこういうことを言われた、「勉強が苦手な人」や「スポーツをしない人」は、言われっぱなしになって致し方ないのだろうか？　ということで、もちろん見返すことができる人はかっこいいが、本当はこういう侮辱に対して勝つとか負けるとかいう土俵はもういらない、と思っている。

侮辱に対してうまく切り返す人とかを称えるのも同じで、あれは要するに包丁を持って押し入ってきた強盗を背負い投げでやっつけた家主に「すげー！」っていうのと同じだ。すごいけど。すごいけど、そんな人と戦う必要などそもそもあってはならないし、機動隊が速攻で捕まえて家の人の安全を守るのが理想だ。しかし侮辱に対して、冷静に、格を見せつける切り返しをすることは非常によく求められる。ひどいことを言われた、となったら、言い返してやれよ、とか、見返してやれよ、とか言う人もいるが、それって強盗が来たって言う人にお前も抜刀して斬り捨ててやれ、って言うようなことです。そう思うんだが、なかなか、そんなふうに捉えてくれる人はいない。ひどいことを言った相手が過剰に守られているな、とは思う。発言した途端、周囲から大顰蹙を買って一気に露骨に軽蔑されるような流れがあれば、言われた人間が戦う必要なんてないのであり、どうして、発言者が重視しているスペック対決だのレッテル貼りゲームだのに参戦せねばならないのか。負けるな、じゃないんだよ、戦わせんなよ、いつの時代だ、というようなことはたまに思う。強くて美しい女性が、女性を侮辱する人間を黙らせる、ぐぬぬと言わせる、とか、ハイスペックで優秀な人材が実はものすごいオタクで、オタクを馬鹿にした人間に一泡吹かせる、とか、そういうのは痛快だが、あれは昔の時代劇で悪人がズッパズッパ斬られて、視聴者が日々被っている理不尽をそこに投影し、苛立ちをすこし晴らすのと同じだ。切り捨て御免なんて誰にだってできることでもないし、する必要もないこと。日常の理不尽こそが悪だ、これができない自分が悪いのでもなく、強くて美しいことが理想なのではない。強くも美しくもないまで理不尽が勝手に自滅して目の前から消えるような社会が必要、それ以外はその場しのぎのごまかしであるとわたしは思う。

もうずっと仕事が終わらないまま生きている、ずっと終わらないままだ、俺の人生は無限かもしれないとか思う、そんなわけはないんだけど、退屈だと思うことも暇だと思うこともあるが仕事は終わらないままだ、遊んでるからなのか？　寝ているからなのか？　もしかして生きているからなのか？　などと考える。仕事が終わらなくても人生はあるし生活があるし、俺は仕事が終わらない中で時間を無駄にして生きていくし、命は有限だ。こういうことを考えるとだんだん腹が立ってくる、自分には別に腹は立たない、仕事にもそこまでってか全く腹は立たない、命が有限であることにだけムカつくし、ムカつくのは仕事を終わらせたいからでもだらしない自分を許したいからでもなくて、仕事が終わらないのも自分がだらしないのも、当たり前のことなのにまるで矛盾のように見せてくるのは命の短さだけだから。いつか人生が終わるのだから悔いのないようにという人はいるが、人生が終わる方が悪い、人生が悪い、わたしは悪くない。終わってんじゃねーよ、わたしの人生だろ、人生。やっていこうじゃないか、永遠に、惰性を重ねていこうじゃないか。人間の人生の癖に有限なのはどういう了見だろう、つまり人間の一人の達成だとか性質だとか結果とか実績とか失敗とか後悔とかそういうの全部、命という概念さんは興味ないのだと思う。死は無情だ、とかいうが、死を作っているのは生であって、生は結局、どのように生きるかとかそういうこちらの問題に興味がない。心臓をバクバク言わせて、栄養を分解しているだけだ。草花に宿っている命となんら変わらないのだと思う。わたしはなんなのだろう、だから自分を生命だと思うことができない、生命は私を無視しているのに、わたしはそんなに素直じゃない。草花を部屋に置くとすぐ枯れるし、自然環境が若干不気味だとよく思う。それは都市に慣れ過ぎなだけかと思っていたが、ちがうね、生命とは居心地の悪いものだ、考えたり感じたりする限りわたしは不純物なのだ、死をうけいれてなんともおもわなくなったとき、やっと溶け込んだ、わたしは疲れているのだろうか、眠りに落ちそうな時、こわくなる。溶け込むための予行練習をしているようで。

いつも物を盗む友達

いつも物を盗む友達がいた。小学校入学前のころの話だけれど、家に遊びにくるたびに何かを盗んでいく子がいた。大切にしている物だとかそういうのではなくて、親に言われないとなくなったことにも気づかないようなそういう小さな雑貨をこっそり持って帰っていった。私はその子と友達を辞めることができなかった、盗まないでと言うこともできなかった、我慢したわけではなかった、いやなような気もしたけれど、気がするだけでそれ以上のことを考えるのがとても億劫だったのだ。

ことを荒らげたくないという気持ちは小さなころのほうが強かった。まだ社会性が集団にできてくるような年齢でもなかったけれど、怒ったり悲しんだりするのは面倒で、ずっと疲れ果てていた。というより、それより重視しなければならないことが当時は多々あって、腹が立っても構ってられるか、と投げ出すことができたのだと思う。

友達の間違いを正さなくてはなんて思わなかった、なんというか間違いがそんな大ごとだとも思わなかったし、友達に興味がないのではと言われたらその通りであるように思った。大人の言う友達と、あのころの友達って全く違う。どちらかといえば大人の友達のほうが責任を持っているし純粋な関係だ。あのころの友達は遊び相手であって、とても偶然に任せた、個人を見た関係ではなかったように思う。でもそれを否定する権利は大人には少しもないのだと思う。

私は今その子のことを思い出して、優しかったとかいい子だったとかは思わないし、ただ一緒に遊んだなあ、と思い出だけが残っている。楽しかったのかどうかはわからない、一人よりはましだったと思うが。そんなのは他の友達だって同じだし、その子が私に対してそう思っていても、私は別に傷つかない。小さなころの自分たちを傷つけることが今の私たちにはできない。責任を少しも持たない関係が、どういうものかもはや想像ができないから。

同じ時間を、偶然にも共有するということが大人になってからは不可能になりました。電車や喫茶店で隣になった人とふと話して盛り上がることなんてまれで、そんなことができたときは特別な出来事があったかのように心が温まります。人と関わり合うことには理由が必要で、関係性を築いていくという前提があると思い込んでいるから、知らない人と知っている人を分けていくし、好きな人と嫌いな人を決めていきます。無数の人の間に境界線を引き、それで交通整理をしたつもりでいるのです。濃厚な、一瞬ではなく長く続く関係性を作っていくためならそれは必要なことなのかもしれない。

さみしかったけれど、当時の私はさみしさのために友達を作ろうなんて思っていなかった。遊ぶという時間のために必要で、それはお互いがそうだった。互いの心を埋め合わせていくような時間ではなくて、好きなものが同じである子と、好きなものに触れていると、盛り上がるしそれが自然だからだった。友達という関係性は特別でなかったし、友達というのは、まず人間関係の基礎だった。知らない人とか他人とか、そういう関係性よりも、ずっと自然で、人は集まればみんな友達だったじゃないか。親に、知らない人についていってはいけないといわれて、知らない人、という新しい区分けができた。むやみやたらに怒鳴るおじさんに公園で遭遇して、嫌いな人という新たな区分けができた。でもそういうものができる前はみんな友達だった。友達とはその程度だった。友達に愛とか責任とか、よくわからない。でもそれがないことを大人がどうこう言うことはなんだか、勝手だと思う。

盗みをしていた友達とは小学校に入った後ぐらいにはもうほとんど遊ばなくなった。友達の家にセーラーVの漫画があったことぐらいしか覚えていないし、でもセーラームーンが好きなの？　とかは聞かなかった。私がセーラームーンを楽しめるのはもっと後になってからだから。

彼女がなにを盗んだのかも覚えていない。頻繁に物は無くなったけれど、それを悔しいとか不快だとかも思わなかった。「どうして盗むのか」とかどうでもよいと思っていた。今私は大人で、だから「やめられたのかな」ということをふと、思ったりはする。小さなころのその子の真意なんてあまり興味がないのだが、今ちゃんと克服してるのだろうかということは時々考える。変にそういうところだけ友達づらをしているのかもしれない。

でも幼少期の友達ってそんなものなのかもしれない。いい思い出なんかもあんまり鮮やかではないが、思いやろうとする今更な自分がその関係性を大切にラッピングし直して、しまい込もうとしている。そうでもしないともう当時の関係性を、思い返すことさえ難しいのだろうか。盗みの癖が抜けないとしたら、今はだいぶ苦労しているのだろうな、とか。あのころ本当は気付いてほしかったんじゃないか、とか。大きな理由があったのではないかなあ、なんてことを時々思う。

今ではあなたのことを物語のように消費できてしまうのだ。そんなふうにいうのはおかしいのかもしれないが、盗みをする癖、幼いころの記憶、今自分と同じ30代であるはずのあの子、自分が想像できる範囲で簡単に物語はできて、そうやって私は、思いやるふりをしてあなたと距離を置いていくのだ。そうやって宙ぶらりんだった記憶に落とし前をつけていく、そういうことがいやでたまらず、だからこのエッセイを書いている。あなたの盗みの癖についてここで心配するのはちゃんちゃらおかしく、私はあなたが私のものを盗んでいったことは覚えていくし、でもそれについて今、どうこう考えることはしてはならないと思う。私たちはあのころ友達だった。その事実を、今の私が解釈するためにこねくり回す必要はないのだ。

友達が盗んでいることに気づいたとき、私は「へー、変な子」としか思わなかった。彼女の部屋でセーラーVの漫画を見つけた時と同じだった。仮面をつけて戦うんだぁ、へー。盗みたいというのがどういう気持ちなのか、どれくらい盗むということが問題なのか、そうでもないのか、そういうことも幼稚な私にはわからなかった。私はその後も彼女と遊んだ。そのたびに物が盗まれた。でも一度も彼女にそのことは言わなかったし、またなにか盗まれてしまったかなと不安に思うこともなかった。彼女とずっと遊んでいたかったからではない、彼女と友達でいたかったからではない、私が彼女になにをされようが、彼女が私をどう思っていようが、私が彼女を好きだろうが嫌いだろうがどうでもよかろうが、私たちが友達であるということとは全く関係がなかったから。そういう時期があった。そういう時期を忘れてはいけない。

酒・タバコ・それから……

酒もタバコもやらないのでやはり「人生何が楽しいので？」みたいなことは聞かれるが、「いやめっちゃつまんないですね」が私の解である。つまんないし、酒やタバコをやらないでここまで来た自分には悔やむことも多い。もちろん漫画や劇や音楽は好きだが、それとこれとは話が違っており、自分の身体にエフェクターをかますようなこと。酒やタバコは、それをやれたらどれほど変わるだろう、とよく思う。でももうだめだ、酒やタバコは気づいたら始めていて抜け出せない、というものので、今更やっても意味がないのだ。

そういうものって他にないだろうかとガンガンに音楽のかかる部屋で考えていて、音楽は麻薬的だ！という人もいるにはいるし、音楽は身体に痺れを与えるがでもこんなものはたいしたことではない、音楽をやっている人の中で酒とタバコをやらない・必要としない人が多いならともかく、むしろ酒とタバコを強化させるために音楽が用いられることもあるし、音楽は補強剤にしかなり得ない。

この時思い出したのは、性格の悪い女の子が主人公の短編漫画で、劣等感で限界になった女の子が色々押し殺して作っていた友人たちに、お前らだって嘘をついていると指摘してしまうシーンで、彼らが計算高くて性格が悪いことを晒しあげるのだがそれをストレス発散でやる彼女ももちろん性格が悪く、性格の悪い人間しかそこにはいないのだけどそれを思い出して、「酒、タバコ、友達」かもな、と考えついてしまった。友達は肉体にエフェクターをかますものだと思う、体にも悪いし、いつの間にか始めてしまう。友達が多い人間とは酒やタバコをやめられない人間と同種なのではないか？　そろそろ怒られてしまいそうだけど、ぼんやりとそう思った。

私は酒もタバコもやらないし、そして友達もいないので、どの気持ちも全くわからないのだが、そういえば「友達いないです」というと、憐れまれたり「なぜそんなあっけらかんというんだ」とウケられてしまったりしていた。これも酒とタバコに似てるなあ、と思う。「友達いないなんて大丈夫?」と言う人たちは「酒ぐらい覚えたほうが楽しいよ!」って人と同じなんだなあ。そして友達がいない人に向かって「今から作れよ」とは誰も言わないのだ、大人になってから友達を作ることの困難さを彼らは知っており、なぜ自分に友達がいるのか本当のところはよくわかっておらず、今まで友達がいない人間にそれを始められるとは思っていない。では酒もタバコも今更始めるにはそれぐらいの困難があるのですよ、と説明したらどうか。始めておけばよかったなという後悔はあるが、始めたいなという気持ちは全くここにない、ということが露呈してしまっている。

友達をやめるということは、酒とタバコをやめるのとは違って健康にいいなんていうふうに語られることはないし、歳をとっても友達がたくさんいるほうが長生きするとか、よくわからん理屈もこの世にあるしこの言説にはなんて無神経なんだと思う。友達を作りなよと言われて作れる人にはすでに友達がいる。誰に対しても意味をなさない提案なのではないか。

会えばわかるとか、会うといい人だからとか、ネットで険悪になった人たちに対して言う人がいるのが昔から不気味でそれは要するに、会うこと、親しくなることで物事が解決するのではなくて、酒やタバコと同じで嗜好品であるから、親しくなるというのは、それによって本来のいざこざや問題の優先順位が下がるはずだ、という見込みが見え透いてしまうからだと思う。会って意見の食い違いについて細かく検証するのかと10代の頃は期待したりもしたが、そうではなく、共に時を過ごすという儀式を経ることで、関係性を維持することの方が重要になる、という話なのだ、私はシンプルにそういう発想を当時軽蔑した。人間は親しくなることをさもうつくしいこと、人生とは人との出会いによって彩られるのだとうるさく騒ぐが、それによって物事が有耶無耶になることを無意識に期待しているとしたら、本当の親しさも出会いもない。真理を追究するべきだ、などというつもりはないし、そこが第一であると考えることもまた偏っているんだろうと思うのだけれど、私は露骨に人間関係が最優先のものとして扱われる瞬間に怖くなる。最も重要な人はいるのだろう、でもまだ仲良くない人についても、その人間関係を重視せよ、と言われると困る。友達でも家族でもない人に対して多くの人がある程度は冷淡であり、大切な人たちと同じように扱うことはないと、街を歩いていると感じる。自分が目の前の人にとってどうでもいい存在なのだと思うことはよくある、そういう時間を繰り返して、それが当たり前だと思って（思うようにして）生きているのに、急に「人間関係」そのものを尊重し出す人がいると、嘘をつかないでほしい、と感じるのだ。

譲れない部分で対立したのなら、険悪になってもいいのではないか。当たり前の、健全な出来事に思えてなりません。

酒に酔っている人たちを見て、自分が呑みたいと思うわけではないが無闇矢鱈に嫉妬してしまうような心理がある。それなら呑めばいい、少しずつ慣らしていって、と言われてもそんな気持ちにはならないんだが、酒が呑める人、酒に酔える人たちに対して優しくできない。勝手にしたらいいことでありお互い様であるはずなのに損した気がする。友達について書いた後でこれを書いているのはたぶん意図的です。

酒を呑まない人に無理に勧めない、というマナーがあるように、酒が呑めない人が呑む人に対してとるべきマナーもあればいいのに、と思う。もう少し、優しい態度がとりたいのに。

ぼくの勇気について

自意識過剰について指摘する人は多いけれど、でもそれを心から「悪い」と思っている人はいないのではないかと思う。自分が自分であること、自分として生きようとすること、幸せになりたいと思うこと、承認されたいと思うこと、どれもまっすぐにつながっていて、それを悪とみなすことは、誰にとってもブーメランなのだ。それでも指摘する人がいて、指摘され恥ずかしくなる人がいて、それは結局指摘されたその人の中にもともとあった「罪悪感」が、目を覚ましたというだけだ。他人の群れの中にいれば自分を中心にしか世界を見つめられないことを恐ろしく思う。どうしてずっと平和を祈っていられないのか。ぼくは、だから自意識への指摘で、人を傷つけることだけはしたくない。自分の中にある誠実さや美意識や怒りや正義を賭け、相手に対するのではなく、相手の中にある罪悪感を利用した、単なる攻撃を、ぼくはする必要を感じない。そこに勝利はないし、敗北もない、それによって研ぎ澄まされる愛も正義も優しさもない。悪意さえも介在しないんだ。ただ、「相手はこう言われたら傷つくだろう」という予感があり、それを理由に動いただけだ。自らの武器も爪さえも使わずに、相手の傷口をひきさくやりかた。「傷つけたかった」という事実しか残らないのにどうして、きみは傷つけたのだろう。

蟻地獄の縁にひっかかった蟻を、指ではじいて、落としてしまう子供を、残酷やいじわると形容するのは腑に落ちない。反射的に相手を貶めてしまう、ということが、もしかしてひとにはあるのではないかと、時々思う。危機的状況にもしも、相手がいたならば、その気まぐれがとどめとなることもあるだろう。それはちょっとした思いつきであったのかもしれない、もしかしたらそれは隙間のある本棚を埋めたくなるだとか、食べ残しのクッキー一枚をくちにいれてしまうとか、それぐらいの感覚で起きることなのかもしれない。ぼくはこれを性悪説として掲げたいのではなくて、並べられ、今にも倒れそうなドミノを一瞬押したくなるような、そういう感情のない衝動と思っている。ぼくはこの一瞬の自分の反応を、ずっと恐ろしく思っていた。そういうとっさの攻撃を、ぼくはどうやってぼくにやめさせられるだろう。忘れさせられるだろう。鈍感に、無頓着になれるだろうか。そのために、人と関わり、本を読み、映画を観て、涙を流し、人を思いやるのかもしれない。ぼくは、悪意より善意より、人間が自らをコントロールしきれないということが、時々とても怖くなります。

ここまで書いて思ったのは、ぼくは人をこころから、傷つけたくないのだということだった。それは優しさとかではなく、鳥肌が全身に出そうな、そんな感覚だ、小さな生き物を手のひらに載せられたときのような感覚。どうしてこんなやわい状態で、生きてしまっているんですか。できる限り傷つけたくない、人を傷つけるということから無縁でありたい。そして、それがどうしてなのかぼくにはわからない。あまりにもあたりまえに、命を大切にするとか、人を傷つけないとか、思ってしまっているけれど、いつそう信じることにしたのかわからない。

そういう気持ちを善意のように、優しさのように打ち出すことができない。ぼくは選択を迫られて、そして自らを犠牲に誰かを助けたわけでもない。きっとこれもまた、衝動的なものなのだと思う。善意も悪意もなく、「殺さないようにしなくては」と思ってしまった。ぼくはぼくが覚えていないだけで、危機的状況を経験したことがあるのかもしれない。たとえばうまれてくるときだとか、赤ちゃんのころだとか、そういう他人がいなくちゃ一日だって生きられない心もとない感覚が、まだ、肌の奥に残っているのではないかと思う。それを思い起こしているだけなのだろう、それこそぼくはぼくの傷口を撫でて、そうして目の前の生き物を傷つけたくないと思っている。彼らを思いやっているのではなくて、赤ん坊の自分を、思いやっているのかもしれない。

想像がどこまで可能なのかわからない。どこまでいっても、誰かを思いやる、命を大切に思う、ということに、限界を感じる。もちろん、みんな幸福であればいいと思うけれど、でもその実感が本物であると、胸を張っては言えない。ぼくはすべてのひとを知っているわけではないし、触れたことがあるわけでもない。人混みを上空からみおろすだけでざわざわとする。誰かが生きているということを、理解することはきっとできないし、だから、100％彼らの幸せを祈っているとは断言できない、そう思うことが、ぼくの最大限の誠実さだ。ぼくはぼくの危機的状況を、生き延びて、ここにいて、だからだれかの危機的状況に「なんとかしなくては」と感じてしまう。それを、愛と呼ぶ勇気を、ぼくは決して手放さない。

わたし捨て山

男のひとにわたしの詩を朗読してもらう機会があり、やはり「ぼく」が一人称の詩のほうがいいかとおもったんですが、といいつつ、そのひとは「わたし」が一人称の詩を読んでくださった。でもそれが本当にとてもよく、わたしは、「わたし」が女の人、「ぼく」が男の人、というふうにわけて書いているわけではなくて、ひとのなかには「わたし」の部分も、「ぼく」の部分も、「おれ」の部分もあるはずで、そのそれぞれのところに触れるような言葉でありたいと思うから、読むひとの性別で詩の合う合わないが決まることはないと思う、みたいなことをたぶん話した。わたしは、詩を自分で朗読しないから、人が自分の詩を声にする瞬間を、その分とてもたくさん目にしてきていて、詩に命が吹き込まれるというよりは、その人の呼吸のなかに、詩がまぎれ込み、そうして音を鳴らしているような感覚になる。わたしは、それを見ていると、その人のことをよく知らなくても、なにか、大切な奥底だけ見えたような気がして、ちょっと照れくさい。そこにわたしの詩があることを、そうしてとても幸せに思う。

先日、横浜美術館での詩の展示開催を記念して、武田砂鉄さんと青柳いづみさんとのイベントを開催した。その前半では青柳さんの朗読があったのだけれど、それはとても印象的な時間で、ここにそのことを書いておきたい。

詩が声になる、けれど、詩を書くときにだって、わたしの中にはたしかに声が聞こえているのだ。わたしは書きながら黙読しているから、その声が自分の声でもないことを知っている。そうしてたぶん、「空気を揺らして鳴る音」ですらないことも知っている。頭の中で、記憶の中で、触れたことのある声を、思い出し、それを借りてきているのだろうか。しかし、すぐに忘れてしまうのだ。それは言葉と同時に生まれては消えていく、声だった。青柳さんが「放火犯」という詩（『空が分裂する』収録）を朗読したとき、けれどわたしはその声を、思い出してしまっていた。というより、ふたたびその声が聞こえ、目の前で、詩が生まれ直していくようだった。

こういうことはあまりない、というかそれまでなかった気がする。なぜなら朗読は、その人自身の声によって、その人の生活、肉体、人生、感情、と絡み合って現れるものだから。それはわたしの詩のありかたにもよく合っていた。わたしの詩は、具体的なシーンや感情を描いているわけではなく、読み手が自分の求めてる形で言葉を受け取ることで完成するものだから。けれど、青柳さんは、青柳さんとしてその詩を読むというより、その詩を書いたその日のわたし、みたいだった。正確には、肉体を持たない、最果タヒという「そんざい」だった。わたしから「人間」の要素を引き算した、みたいだった。

青柳さんと以前対談したときに、「わたしが見せたい「わたし」はない」とおっしゃっていて、それはとても「わかる」ことだった。舞台上での「「わたし」はない」と、詩を書くときの「「わたし」はない」が完全に同じとはいえないだろうけれど、でも、やはり、わたしも、「わたし」を見せたくて書いているわけではないのだ。わたしには話したいことがない。校内放送をジャックして、「わたしの話を聞け！」と怒鳴ったところで、多分次の言葉が出てこない。昨日食べた最高なジャンクフードについて、とか、その程度で終わるだろう。わたしにとって、「わたし」とはそういう人間で、それだけでしかないのに、「本音を聞かせて」とか、「腹を割って飲みニケーション」とか、言われることが、苦しかった。わたしは、「わたし」の話をしないほうがずっと、楽だし、書けるのに、作品にさえ、心から湧き出ているものこそが「表現」だと、第三者に言われ、疲弊する。

では、なぜ、書くのか？　という問いがある。「わたしのことを聞いてくれ！」というわかりやすい動機がないなら、なぜ書くのか。わたしは、「楽しいから」書いている。でも、それはなぜ？　なぜ楽しい？　そのことが今までよくわからなかった。本能的な理由、「釣りが好きな人」がいるように、「書くことが好きな人」であるだけだと思っていたが、でももしかしたら、青柳さんの声が、まるで「肉体から逃れた最果タヒ」に聞こえたことがその問いへの答えであるのかもしれない。わたしは、「わたし」から逃れたかったのだ。肉体という確固たる「わたし」から剥がれて、浮遊したかった。言葉は、絵もなく匂いもなく、肉体の気配を見せやしない、それを偽名でインターネットに垂れ流せば、肉体とは無縁の存在となる。わたしは、そのことに魅せられていたのかもしれない。そうだといい、そうであってほしい。

それならば、これからも、わたしは「わたし」を捨てに、言葉を書こう。

不自由卒業式

私の大学の卒業式は意味不明な扮装をした人が結集する場であって、特におめでたい雰囲気があるわけでも身が引き締まるわけでもなく、当然、涙するような場でも全然なかった。いや涙する人もいるのだろうけれど、これが最後の悪ふざけだという感じで盛り上がるのだ。私はこの「最後の悪ふざけ」というのが苦手で、頼むから卒業してからの方が大爆発意味不明人生であってくれ！　とすべての扮装者に願っていた。こんなことは学生のうちにしかできないという言葉も好きではないし、社会に飛び込むために覚悟を決めろなどという言説には火をつけてやりたい。人間の人生はほとんどが社会と共にある。社会でこそ、あふれでる本性と向き合う日々だ。学生時代の私は死んだ目をしていて、思えばなんにも好きにできていなかった、時間はあったはずだがその価値がわかっていなかったし、だから無いも同然だった、自分がとにかくちっぽけで、コンビニで買い物をすることすらうまくできない気がして落ち込んで、コンビニの電灯よりも価値がないな私は……困ったな……、と思いながらコーヒーを飲んでいた。そんな時にある自由とか？　気ままにすごすとか？　よくわからない、自分がどこまでいっても学生であり、学校に所属し、学校の人間関係について考えたくもないのに考えねばならないことの不自由さについて考えるし、考えないにしてもそこに現れる「自由」のちっぽけさ、世界の狭さにどうしようもない気持ちになる。

ろくに会話もできないいし、取り繕うことができないから簡単に人間関係が破綻する自分。それでいて自らがしたいこと、やろうとしていることがわからない、期待の方が先走って、自分の現在地が見えてこない自分は、明らかに何かに振り回されていて、その振り回す存在こそが自分の「本性」なのだとわかっていた。それらとろくに向き合えず、全貌もわからず、それなのに自由が終わるとか、社会への責任とか言われてもね、困るんですよ。いつどこで自由があったよ？　人と仲良くできたり、目標がすでにあったり、世界への恨みが爆発していたり、そういう人にとって学校は確かに自由であったのかもしれない。それらをどこまでも発展させる時間があったのだろう。私は、私の身体を知らない。私の本性を知らない。伸びをすることすら、ろくにできていないんです。

別に、自分の本性を知りたいわけじゃないんです。知るのはだいぶ恐ろしいし、いつか露呈すると思うとやめてくれとしか思わない。でも、現実問題として、このままやり過ごせるわけもない。学生生活は無駄に静かに終わっていた。コミュニケーションが下手なぐらいであとはなんとかこなせたはずだ。でも、こんな場所は短期間しか耐えられるはずがない、私はいつか必ず耐えきれなくなって逃げ出すはずだとも、どこかでずっと思っていた。その前に卒業式がやってきて、なんとか間に合ってくれただけだった。

卒業式おめでとう。自由ありがとう、さようなら。これからは社会へ出るのだから、ね？　というような、そんなことはここで言うなよ。これからもあなたはあなたとして、生きていくのよ、その本性という爆弾を抱えてね！　って、正直に、言ってくれたらどれほど怖くて、でも、うわっ楽しそうだなって思えることか。どんな靴よりスニーカーが買いたかった。ホラー映画を見る前みたいだ。ホラーみたいな未来は避けたいが、でも、門出ってこうでなくちゃね。自由など謳歌しませんでした、自分の得体の知れなさに自分が一番怯えている、そのままで社会に出るのです。これからの方が本番であることは確かです。行ってきます！　自分が自分をいつか知るまで、ワクワクと恐怖で満たしていこう。自由など、まだ見たこともない。卒業、わたし、おめでとうございます。

歌詞！　解体ショー

急ですが好きな歌詞をここで解体させてください。

きみどり色したこの街の夜は　剥製のミンク
地下鉄のドアにどれほどの愛が　どれほどの愛が
秋からあの美しい冬に変われば癒されるね
シュークリーム　君にあげるよシュークリーム　まばたきひとつしずに

SHERBETSの「はくせいのミンク」という曲の歌詞です。私はこの歌詞に、何か濃縮した「詩」（私にとっての）

を感じていて、そろそろ解体してみたいと思う。私は、この歌詞を好きになった時点で、詩人になるしかなかったのだろうな、と思っています、最近は。

一つずつ開いていけば「きみどり色したこの街の夜は」、これは、もちろん一般的な認識を描いているものではない。夜がきみどりいろだというのは、通常の夜のイメージとは少し離れているのだけれど、でも、そんなことはどうだっていいのだ、いいのだ、と思わされる。なぜならこの言葉の語り手は、「剥製のミンク」だ、とそのきみどりの夜のことをたとえている。きみどりかどうかなんていうことを、疑っても、気にしてもいなくて、むしろその「きみどり」は別の何かによって比喩されている。たとえそれが一般的な捉え方でなかったとしても、自分の言葉、自分の感性を全く疑わずに、誰かに「それっておかしくない？」なんて言われることを恐れもしない、というか、そもそもそんな声が存在することを想像しないし、知らないし、聞こえても気づかないほどの純粋さがここにはあって、そのまっすぐさによって、書かれた言葉がそのひとの「感性」そのものとなる。そうして、言い換えれば、この「感性」は「確信」によってここまで届くことを可能にしている。言葉の語り手（それは作詞者とイコールではなく、言葉の中に住んでいる語り手）は、「きみどり色」を、「剝製のミンク」を、確信している。相手の中には全くなかったものの捉え方、そして言葉を、相手の瞳を真っ直ぐに見つめて伝えている。たとえば次の一文は「地下鉄のドアにどれほどの愛が」とあるが、「どれほどの」という部分に疑問はあるものの、地下鉄のドアに愛がある、というその点には全く疑いがない。私はこうした「確信」を詩と呼んでいるのかもしれない。

この「確信」は「共感」とは真逆のもので、相手が自分の言ったことをそのまま、同じように感じ取ることは一切期待しておらず、そもそも必要ともしていない。ただ、自分にはそう見えた、というそのことだけを信じて、そのことだけを動機にして、書かれている。これは、すごいことだとおもう。言葉を覚えたのは誰かに伝えたいことがあったからだ。言葉は他者ありきで存在するのだとどこか当然のようにおもっていて、相手がそれを受け止めるその瞬間を、一切思い浮かべずに書くことはなかなかできない。そうして言葉は生きていくごとに、他者と関わっていくごとに、共有財産にふさわしい形になっていき、独り言ですら、「ひとり」のための形ではなくなっていく。それを完全に消し去って、自分の確信だけをエンジンに言葉を書くこと。私は、なによりもみずみずしい行いだと思っています。

「秋からあの美しい冬に」の「あの」はとても美しい。「美しい冬」を、この語り手は知っていて、彼は今それを思い出しながら、この言葉を書いている、と錯覚する。「あの」があることで、彼の冬への視線が、冬の肌にまで到達しているとわかる。そうして、そこにつづくのが「美しい冬」という非常に大きな言葉、これは、冬の中で特段美しかった、ある具体的な時期のことではなくて、冬そのもののこと。冬そのものを、一つの概念として、この語り手は扱っている。それってちょっとふしぎですよね。生きていくとだんだんと、冬といっても一年前の冬、二年前の冬、と分けられていくし、その中にも様々な日が、できごとがあって、冬というそのおおきなくくりで、なにかを考えたり、語ったりすることは減っていく。けれどこの語り手は、冬という概念そのものを、美しいとしている。そう確信している。なんなら、過去の冬も未来の冬もすべてをひとつのものと見つめている。自分の人生や日常を通じてではなくて、もっと俯瞰して、世界や何千年もの時間の中での「冬」を見ている。これは子供によくある物の見方で、子供にはまだ春も夏も秋も冬も新鮮だから、それが一つの塊として見える。冬というものを具体的に捉えていない、季節をどこか非現実的なものとして見ているのかもしれない。それと、同じなんですけれど、でも実際にはこの語り手にはいくつもの冬が通過していて、それらの個人的な冬を、どこか超越してしまうような、感情を飛び越えてしまうような強度のある感性が露わになっているのだと思います。そうしてそのすべての確信、彼が彼の感性だけを信じているというそのことだけが伝わる言葉を読むことで、私たちはどんな共感よりも、根っこから、深いところから、彼の感性そのものを共有することができる。彼がどんな目で、どんな感性でそこにいるのかを追体験する。そうして至った「シュークリーム　君にあげるよ」は彼にとって愛情表現なんだということは、もう当たり前のように受け止めることができる。誰にだって伝わるように書かれた愛の言葉よりも、そのころにはずっと、その言葉が、その行為が、真実のように光るんではないのかなあ。と、いうことで、解体を終わります。

3年後の追記

さきほどの「冬」の記述について、思ったことをここに書いておきたい、この原稿はもう3年ぐらい前のものだったと思うけど今になって補足をしたい、具体的な冬、今年の冬や去年の冬といった個人的な経験としての冬を、全て内包し、そうして繋げていく、この歌詞の「あの美しい冬」のような、季節という概念そのものを言い表した「冬」という言葉。未来も過去も全て等しく、つなげて、包んでしまうようなそういう言葉にしてしまうことの心地よさというのはあって、それは、「言葉にする」という行為そのものの快感に等しいと思う。言葉はみんなが使うもので、全てはおおきな枠しかもたない言葉であり、それらに手垢をつけて、個人的なことを語るために用いるが、どうやっても海は海で、春は春で、冬は冬で、あなたはあなたで、花は花だ、その言葉の「決して具体的にはならない」こと、「決して私だけのものにはならないこと」こそが、見失わせるものももちろんあるが、逆に「掬い取るもの」も多々あるんだろう、それは私たちの人生が、私たちの個人的なものに終わらない、という可能性、地平線があること、日常の風景の中に終わらない水平線があること、西の果てが、東の果てがみえないこと、死んだ後も世界は続くこと、それらにつながっていくから。

ルーティンルノワールルール

変な話かもしれないと不安になりながらも書くと、絵をみているとき、ときどき光そのものを見つけたような気がして、追いかけるように詩を書くことがある。色彩は、画材によって表現されているわけだけれど、それを私の瞳に伝えているのは、光のはずで、その光の手つきがふと、見えるような絵があるのです。それはその絵そのものの力なのかは分からない。今までなんとも思わなかった絵がそんな力を持つこともあり、そうして光だ、と追いかけ詩を書き終えたころにはもうなにも、その光の気配を感じなくなることもある。これはもしかしたら私の瞳そのものの、誤作動みたいなものかもしれません。色を知らせる光が届いたとき、それを捕まえようとして、瞳が動く、そのときに、その光の走る姿や、足音にまで意識が絡みとられ、視覚としては認識できないはずのその情報を瞳が、持て余しているのではないか。そうしてその持て余したぼんやりとしたものを、言葉にそのままにしていくと、詩になるのではないか。

絵をみているとき、私の瞳はどこかまんべんなく、世界そのものにもたれていて、文章を読むときのような方向性もなく、色も複雑で受け止めるしかないと手を広げている状況なのかもしれない。そういうときに言葉が、くん、と落ちてくるのは奇妙だけれど、納得もします。言葉を探さない瞳だけが、言葉を見つけてくるのかなあ。

人間のいる場所

人がいる、ということに、もはや感動してしまう。そういう自分に最近気づいた。物語というものに救われた云々の話を聞くと、私はそういう経験がないとか思いこわばってしまう。物語の価値がわからないみたいじゃないかと、ずっとコンプレックスだったのだけれど、どうやら私は物語ならもはやなんでも良いぐらい、物語という形自体に興奮してしまっているらしい。人とほとんど話さず、ただ普通に生きて、自然と友達がいない人生であるために、人が気持ちを言葉にして、誰かに語るシーンだとか、見つめ合っているところとか、そういうものをこっそり物語で垣間見れるというだけで「いいいんですか?!」と思ってしまう。人が複数いて、うわべではないやり取りをしている、というのがもはや珍しく、深海魚を眺めるような心地で、物語をみている。もはやその内容に救われるとかそういうところまで行き着かないのだ。うわあ、人がいる、と、動物園でうわあ、虎がいる、と呟くように思っている。

　聞けない言葉ばかりある。スーパーとか駅とかじゃ聞けない言葉。もちろん台詞だとかも好きだけど、漫画でいうと「モノローグ」として現れる言葉には、興奮を超え戸惑いがある。人の心情の吐露を読めるというこの異常事態よ。肉声ではないのだ、脳内で練り続けた「思考」ですらなく、生きているそれだけを根拠にして頭の中に一瞬流れる言葉たちを、物語は「物語」という形式ゆえに拾い上げる。人の心情とはばらばらで、辻褄の合わないものだと思うのだけれど、それゆえにひとつひとつに明確な言葉を与えていくと、自分の中で矛盾が膨らみ、自分を見失うことになるように思う。だから人は、ある程度、思考せずに感情をスルーしている。日記帳に書く言葉だとか、部屋でつぶやく言葉だとか、そんなアウトプットにもならず消えていくのだ。けれどそれは本当はすでに言葉を持っている。声にしたり、書いたり、そういう「言葉にする」という行為を避けているから、まるで無色透明な「言葉未満」のものであるように感じるのだけれど、人は言葉や色や音によって心情を動かしているのだし、やはりすでにそれらは言葉を持つ。意識的な「言語化」を通さずにいるその言葉は貴重だ（詩はそうした言葉で書くものだ、わたしのなかでは）。

物語はそれらを無視できない、そのなかにいる人間たちが、感情を持つかぎり、「言語化されないままの言葉」とやらが、描かれなければいけない。そこで用いられるのがあのモノローグの箱であると思う。あれは、言葉になる前の「言葉」ではないのか。当人すらそれを本当の意味では「認識」できていないのだという前提で書かれたモノローグがわたしは好きだ。あれを見ると、ああ、人がいて、その人自身よりもわたしはその人を、見てしまえている、とおもう。ありがたいことです。

わたしが中学のころブログに書き始めた言葉も、そうした言葉に近かった。

書くこと自体に、「解決」や「救い」はなかった。言語化に価値を求めれば、一気にその言葉は「モノローグ」らしからぬものになるから。だからわたしはブログに、私生活を具体的に書くとか、等身大の悩みを書くとか、そういうことができなかったのだ。書く言葉はそうして詩になる。そうか、物語の人たちは、みんなあの箱の中で詩を書いていたのかも、なんてことをふとおもう。

人に触れ合うのではなく、人の内側に溶け込んでいくような「モノローグ」の体験はわたしには特別で、だから書いたし、書くことで何かが満ち足りた。そうして余計に他人と語り合うことを夢見なくなった。必要とは思わなくなった（孤独とかそういう話はよくわからない、人間はどうやっても孤独だし、それは実は何人でそこにいるかとかそんなこととは関係がないと昔から思っている。孤独であるかどうかとは関係ないところでわたしは人と話すことができない。人と話せば話すほど、うわすべりする、わたしが下手なのかもしれない、人と話すことで孤独がまぎれるという理屈がわからず、わたしは多分「他人」を観測することができないのだと時々思う。他人に興味がないとか、人が嫌いとかではなくて、現実において人を観測するすべをわたしは持っていない。一人だけ望遠鏡をもたずに鳥を観測するようなものかもしれない)。

わたしにとって物語はだから人間がいる場所です。わたしにとって人間は、現実にはいないのかもしれません。などと、言いながら眠りにつきたい。

心の壁を壊すためにあえて失礼に振る舞うひとというのがこの世で最も苦手で、それは、わたしの持っているコミュニケーション術が「礼儀」ぐらいしかないからなのかなあと思う。誰に対しても他人行儀であるのは、それ以外にやり方を知らないからで、相手が気にくわないから素をみせたくないとかそういうことではないのです。すくなくとも他人とやりとりするようなタイプの「素」はわたしの中にはいなくて、嘘をつかなきゃフレンドリーにできないし、それはどうなの？　失礼ではない？　それでとにかく敬語で、なんとか丁寧にやっていこうとしている。だから、相手に「無礼」カードを切られると恐怖するのです。無礼に対しての「丁寧」は、高圧的と言われたり、「無礼を許してない」と見なされることがある。「なんなんだよおまえー　笑」ぐらいで答えるべきなのだろうが、それこそなんなんだよ、ってわたしは思う。選択肢を狭めないでほしい。丁寧でいること、他人行儀でいることを、否定しないでほしい。心の壁をぶち壊すためのメソッドとか、わたしには時々暴力に思える。わたしの心の壁は、わたしのものです。あなたにぶち壊す権利はないと、静かに言える強さが欲しいわ。

俺は現代文

さきほどのエッセイ「人間のいる場所」が早稲田大学国際教養学部の入試に出題されたそうで、それを知った試験日の夜に問題を解いてみて、あんまりに自分の文章が難しくて、そう、難しかったんですよ、問題じゃなくて私の文章が！　それで怖くなってしまいました。そのときにツイッターでも書いたのですが、設問がこれ、よくできていて、私がなんとなくで書いている、つまり計画をして、意図を持って書いた言葉というよりは、そのときに自動的に言葉が導き出したような言葉にこそ傍線がついているのです。「ここに「ありがたいことです」とあるが何がありがたいのか」たしかに何がありがたいのだろうか……答えはある、ありがたいなあと思ったからありがたいなあと書いたのだし。でも思っちゃったから書いたんです以外、とっさに答えが出てこないなあ……みたいなことが多々あり、おもしろいが恥ずかしかった。なんにも考えてないわけではないと思うけれど、そう聞かれてしまうと何も出てこない。複数の選択肢を出され、「答えはこの中にある」「えっ？　ない気がするんですけど……」「ある、選べ」「ひっ、怖……」なんて、繰り返す夜だった。

国語の試験は、「この文章が伝えようとしていること」とか「読み手が受け止めること」を問うのではなく、とことん「何が書かれていて、何が書かれていないか」を問うものであるのだと思う。契約書をちゃんと勘違いせずに読めるか的な、そういう「正確な読み」を試験しているのだろう。そういう部分こそが論文を読むときなどには求められる能力で、だから読書の「読む」と試験の「読む」はそもそも真逆なのかもしれない。そしてそういう能力を計るのに効果的なのは、逆に「書かれていないことも読む」必要がある文章なのだと思います。私は文章は隅々まで意図して言葉を並べるというより、書いた言葉が次の言葉を呼ぶくらい勢いがあるほうがよく書ける気がしていて、だからこそ著者本人も「どうしてそこにこの言葉があるのかわからない」跳躍箇所とでもいうような文章があってほしいし、それらを決して整理しません。そんな部分をどう「正しく読む」のかを国語の試験は見ていて、つまり、著者のような立場の人間が一番難しく感じるのは当然なのかもしれないです。

読んだ人が勝手に繋げていけるような、切れ端を並べるように書いているのかも。書きながら、どう書くかより、それを読む人がどう読むかについて、具体的ではなく、もっと抽象的に、無数の可能性を撫でていくように書きたいと思っている。だから、書くことに対して目的や計画をむしろ排除していきたくて、そういう人間の文章に国語の試験で出会いたくはないだろうなあ、と思うのだった。試験に出たと聞いてまず思ったのは「受験生、ごめん」であった。でもそれでも、試験を解くと、自分が出題された理由もわかる。こういう正確な読みを問う場合、正確な読みがされたくて書かれたわけではない文章こそ、よい出題文となるのだろうな。親切でないし、すぐに読み手の主観を呼び出そうとする、正解なんてないところから、「最低限の正解」を取り出す。夜に問題を解いて、翌日予備校の解答例をいくつか検索したのだけれど、難問だと思った問いに関しては解答が予備校でも分かれていた。俺は、それにどう反応したらいいんだ。いまだに問六の答えはなんなのかわからない。兎にも角にも私の文章に、大事な瞬間にぶち当たってしまった受験生のみなさんに、よい結果がもたらされたことを祈っています。受験で読んだ文章って、謎のインパクトを持って残りますよね。私は、国語の読解問題は昔から結構好きでしたが、それは読書とは全く違うものだと思っていたから。その違いが面白かった。特に選択問題は力学みたいだなと思う。(解いていて思い出したのは、国語の選択問題は、答えを探すのではなく、消去法で解け、というもので、つまり100％正しい答えなんてそこには最初からないのです。）今回の問題も、選択肢の文章が、本文には登場しない言葉や言い回しによって作られていて、つまり書き換えられている。だからすでに完全な正しさなんてそこにはなくて、明らかな間違いによって答えを消していくしかない。非日常的だと思う。言葉の心地よさ、意味も意図も放棄して、リズムに流されるように言葉を書くのとはまた違うが、でもこれらもまたどこかで、意味や意図を放棄している。意味や意図と違うところに厳密さはあると思うし、それは非常に儚く奇妙なものだ、言葉の骨格だけ見るようなやり方で、文の透明標本みたいだった。答えなんてないような文章を書く人間ではあるけれど、ここには「他者と共有するものを用いて物を作ること」の面白さがあるように感じます。国語のテストで読んだ文章が時々蜃気楼のように頭の中に残るのも、これが原因かなあと思う。

入試問題をせっかくだからここに引用させていただくことにしました（ありがとう早稲田の人）。よかったら解いてみてください。

問一　傍線部甲・乙にあたる漢字がカタカナ部分に使われている語をそれぞれ次の中から一つ選び、解答欄にマークせよ。

甲　イ　キョ人　ロ　キョ諾　ハ　住キョ
　　ニ　キョ点　ホ　選キョ

乙　イ　ヨウ望　ロ　採ヨウ　ハ　太ヨウ
　　ニ　ヨウ積　ホ　ヨウ接

問二　傍線部1「人がいる、ということに、もはや感動してしまう」とあるが、その説明として最も適切なものを次の中から一つ選び、解答欄にマークせよ。

イ　現実世界でやりとりされる言葉は無色透明にすぎないが、特定の人物を中心とした物語の世界で交わされる言葉には、読んでいて心が高鳴るということ。

ロ　わたしにとっては、現実生活で人と触れ合うことはまれであるために、ふとした出会いの機会は貴重なので心が高鳴るということ。

1 人がいる、ということに、もはや感動してしまう。そういう自分に最近気づいた。物語というものに救われた云々の話を聞くと、私はそういう経験がないとか思いこわばってしまう。物語の価値がわからないみたいじゃないかと、ずっとコンプレックスだったのだけれど、どうやら私は物語ならもはやなんでも良いぐらい、物語という形自体に興奮してしまっているらしい。人とほとんど話さず、ただ普通に生きて、自然と友達がいない人生であるために、人が気持ちを言葉にして、誰かに語るシーンだとか、見つめ合っているところとか、そういうものをこっそり物語で垣間見れるというだけで「いいんですか⁉」と思ってしまう。人が複数いて、うわべではないやり取りをしている、というのがもはや珍しく、深海魚を眺めるような心地で、物語をみている。もはやその内容に救われるとかそういうところまで行き着かないのだ。うわあ、人がいる、と、動物園でうわあ、虎がいる、と呟くように思っている。

ハ　友達がいない人たちにとっては、物語を読むことで人間同士のやりとりを追体験することも得がたいことなので、人物の登場に心が高鳴るということ。

ニ　物語を読むにあたり、そこに人物が登場すると、わたしの日常ではあり得ない、人の内面を深く知ることができる予感に心が高鳴るということ。

ホ　わたしはコミュニケーションに困難を感じているが、読書を通じて物語の人物になりきることでそうした不安から解放され、心が高鳴るということ。

問三　傍線部2「辻褄の合わないものだ」の言葉の意味について、最も適切なものを次の中から一つ選び、解答欄にマークせよ。

イ　解答をみいだし得ないこと。

ロ　因果関係がないこと。

ハ　予測が立てられないこと。

ニ　一定の法則がないこと。

ホ　筋道が通っていないこと。

聞けない言葉ばかりある。スーパーとか駅とかじゃ聞けない言葉。もちろん台詞だとかも好きだけど、漫画でいうと「モノローグ」として現れる言葉には、興奮を超え戸惑いがある。人の心情の吐露を読めるというこの異常事態よ。肉声ではないのだ、脳内で練り続けた「思考」ですらなく、生きているそれだけを根キョ[甲]にして頭の中に一瞬流れる言葉たちを、物語は「物語」という形式ゆえに拾い上げる。人の心情とはばらばらで、[2]辻褄の合わないものだと思うのだけれど、それゆえにひとつひとつに明確な言葉を与えていくと、自分の中で矛盾が膨らみ、自分を見失うことになるように思う。だから人は、ある程度、思考せずに感情をスルーしている。日記帳に書く言葉だとか、部屋でつぶやく言葉だとか、そんなアウトプットにもならず消えていくのだ。けれどそれは本当はすでに言葉を持っている。声にしたり、書いたり、そういう「言葉にする」という行為を避けているから、まるで無色透明な「言葉未満」のものであるように

問四　傍線部3「詩はそうした言葉で書くものだ、わたしのなかでは」とあるが、その説明として最も適切なものを次の中から一つ選び、解答欄にマークせよ。

イ　詩とは、表現しようと意識した言葉ではなく、むしろ言語化の意図を持たずに浮かんだ言葉で描かれるべきものである。

ロ　詩とは、自分の矛盾した感情に着目し、それらを因果関係の物語から解放する言語で描かれるべきものである。

ハ　詩とは、聞こえない言葉に表現を通して形を与え、人の心情の吐露を容易にする言葉で描かれるべきものである。

ニ　詩とは、すでに流通している言葉の意味を根底から問い直し、新たな関係性を生む言葉の力を描き出すべきものである。

ホ　詩とは、他者の感情をスルーしている現代人に自省を促すものであり、言葉によって失われた思考の回路を描き出すべきものである。

感じるのだけれど、人は言葉や色や音によって心情を動かしているのだし、やはりすでにそれらは言葉を持つ。意識的な「言語化」を通さずにいるその言葉は貴重だ（[3]詩はそうした言葉で書くものだ、わたしのなかでは）。

物語はそれらを無視できない、そのなかにいる人間たちが、感情を持つかぎり、「言語化されないままの言葉」とやらが、描かれなければいけない。そこで用いられるのがあのモノローグの箱であると思う。あれは、言葉になる前の「言葉」ではないのか。当人すらそれを本当の意味では「認識」できていないのだという前提で書かれたモノローグがわたしは好きだ。あれを見ると、ああ、人がいて、その人自身よりもわたしはその人を、見てしまえている、とおもう。[4]ありがたいことです。

わたしが中学のころブログに書き始めた言葉も、そうした言葉に近かった。書くこと自体に、「解決」や「救い」はなかった。言語化に価値を求めれば、一気にその言葉は「モノローグ」らしからぬものになるから。だか

問五　傍線部**4**「ありがたいことです」というのは、どういうことか。その説明として、最も適切なものを次の中から一つ選び、解答欄にマークせよ。

イ　わたしが現実世界においては苦手とする人とのつき合いを、物語を読むことの中では登場人物を通じてたやすくできるのを、ありがたいと感じている。

ロ　わたしが物語におけるモノローグを読むことを通して、登場人物でさえまだ捉えきれていない思いを理解することができるのを、ありがたいと感じている。

ハ　わたしは物語を自分の想像に任せて読むことで、登場人物にも認識できない本音や疑惑に到達することができるのを、ありがたく感じている。

ニ　読者は誰もが、物語の作者の設定した「言語化されないままの言語」を読むことで、人間理解を深めることができるのを、ありがたいと感じている。

ホ　物語において登場人物がモノローグで語ることを通して、読者に作者の意図を明確に伝えることができるのを、ありがたいと感じている。

らわたしはブログに、私生活を具体的に書くとか、等身大の悩みを書くとか、そういうことができなかったのだ。書く言葉はそうして詩になる。そうか、物語の人たちは、みんなあの箱の中で詩を書いていたのかも、なんてことをふとおもう。

人に触れ合うのではなく、人の内側に乙トけ込んでいくような「モノローグ」の体験はわたしには特別で、だから書いたし、書くことで何かが満ち足りた。そうして余計に他人と語り合うことを夢見なくなった。必要とは思わなくなった（孤独とかそういう話はよくわからない、人間はどうやっても孤独だし、それは実は何人でそこにいるかとかそんなこととは関係がないと昔から思っている。5孤独であるかどうかとは関係ないところでわたしは人と話すことができない。人と話せば話すほど、うわすべりする、わたしが下手なのかもしれない、人と話すことで孤独がまぎれるという理屈がわからず、わたしは多分「他人」を観測することができないのだと時々思う。

問六　傍線部５「孤独であるかどうかとは関係ないところでわたしは人と話すことができない」について、その説明として最も適切なものを次の中から一つ選び、解答欄にマークせよ。

イ　わたしは、物語において登場人物が孤独であるか否かは言動の重要な要素だが、現実世界では異なる要因があると考えていること。

ロ　わたしは、孤独をすべての人に共通の感情であると考えているので、それが人に話しかける動機になるとは考えていないこと。

ハ　わたしは、私生活において孤独であることに問題を感じていないので、異なる価値観の人とは話が通じないということ。

ニ　わたしは、孤独感から逃れるために話しかける発想がなく、他人に話しかける能力にかけているということ。

ホ　わたしは、書くことを通してたどり着いた孤独の認識が、人と話すという実際行動に必ずしも結びつかないと考えていること。

他人に興味がないとか、人が嫌いとかではなくて、現実において人を観測するすべをわたしは持っていない。一人だけ［A］をもたずに鳥を観測するようなものかもしれない)。

わたしにとって物語はだから人間がいる場所です。わたしにとって人間は、現実にはいないのかもしれません。などと、言いながら眠りにつきたい。

心の壁を壊すためにあえて失礼に振る舞うひとというのがこの世で最も苦手で、それは、わたしの持っているコミュニケーション術が「礼儀」ぐらいしかないからなのかなあと思う。誰に対しても他人行儀であるのは、それ以外にやり方を知らないからで、相手が気にくわないから素をみせたくないとかそういうことではないのです。すくなくとも他人とやりとりするようなタイプの「素」はわたしの中にはいなくて、嘘をつかなきゃフレンドリーにできないし、それはどうなの？　失礼では

問七 空欄 **A** について具体的に当てはまる最も適切なものを次の中から一つ選び、解答欄にマークせよ。

イ 望遠鏡　**ロ** 現金　**ハ** カメラ
ニ 猟銃　**ホ** スケッチブック

問八 傍線部**6**「選択肢を挟めないでほしい」の選択肢とはどのようなものか。当てはまる最も適切なものを次の中から一つ選び、解答欄にマークせよ。

イ 人間関係で「無礼」を許さない選択肢。
ロ こちらから相手に働きかける選択肢。
ハ 人によって距離を変えるという選択肢。
ニ 人と親しくならないという選択肢。
ホ 言語ではなく態度で意思表示する選択肢。

ない？　それでとにかく敬語で、なんとか丁寧にやっていこうとしている。だから、相手に「無礼」カードを切られると恐怖するのです。無礼に対しての「丁寧」は、高圧的と言われたり、「無礼を許してない」と見なされることがある。「なんなんだよおまえー笑」ぐらいで答えるべきなのだろうが、それこそなんなんだよ、ってわたしは思う。選択肢を狭めないでほしい。丁寧でいることと、他人行儀でいることを、否定しないでほしい。心の壁をぶち壊すためのメソッドとか、わたしには時々暴力に思える。わたしの心の壁は、わたしのものです。あなたにぶち壊す権利はないと、静かに言える強さが欲しいわ。

（最果タヒ「人間のいる場所」による）

早稲田大学国際教養学部２０２０年度一般入試　国語より

私の回答は**ニホニホイロロイロ**、河合の解答は私と同じ**ニホニホイロロイロ**、代ゼミと東進は**ニホニホイロニイニ**、真実は闇の中……

見ていい涙

昔、サプライズの祝い事に参加したとき、その対象は喜んでいたのだけど、そのあと主催者が、「あの子泣いてたね」って嬉しそうに話しかけてきたのがなんだか嫌で、「他者の涙について言及する」という行為が私には耐えられないみたいだ、と思った。涙は他者からすればはっきり見える、明らかな感情の露出だけれど、泣いている人にとってそれが見せたいものだったのかはわからず、それなのに泣いた瞬間に当たり前のように目撃者全員に共有されることが恐ろしい。涙は、その人の気持ちは、どこまで自分に触れていいものなのか、私にはわからないし、できるだけ見なかったことにしたい。その人にも他人にも気づいたことを悟られたくなくて、でもそうやって遠のいたもののきっとたくさんあるだろうなと思った。

自分が一番純粋だと思っていれば色々と楽だ、ということはあって、こうやって涙について触れた人を内心軽蔑して、誰の気持ちも拾わないで生きていって、そうやってもしかしたら、触れるべきものに気づかなかったこともあったかもしれない。自分の態度が真っ当だと思う間はどうやっても気づけないけれど、でも、涙を見るべきかどうかを決めるのは、私ではなく、涙を流す人で、その人になれない限りは私も勝手な「純粋」やりたがり、であり、その人の涙に向き合ってはいないのだった。

触れないようにしていた涙について、別の誰かが「えっ泣いてるの？」と言うことで、その子が余計に泣きだして、ありがとうとか嬉しいとかどんどんそこから言葉が出てきて、ああ触れていい涙だったんだなと思いながらどうしようもなくさみしくなるようなことはあった。涙を、見て見ぬ振りする自分は独りよがりだとよくわかっていたつもりでも、それを目の前で証明されると恥ずかしくてたまらなくなり、それでも態度を改めることができない。泣いていると指摘することで、やっと語り出せる人もいるんだろう。でも、そうでない人と、そうだという人の区別が第三者の私につくんだろうか。何も語られない涙に、私はあまりにも無力だった。

感情こそが優先されるもので、それを見せることこそがコミュニケーションだ、とされる考え方が苦手だ。人には泣いていると知られたくないときだってあり、泣いてしまったがために「どうしたの教えて」という問いに答えなくてはならなくなるしんどさもある。内面そのものではなく、「見せたい自分」があって、それを「やめて。もっと心を開いて」と迫られても、外科手術でもないのに？　と思ってしまう。開かなくていい、他人なのだから。心は自分の中にあるもので、それを出して見せたら「心を許している」「親しくなれた証」「ズッ友だよ……」になるのはおかしいのだ、心は大事にしまっておきなさい、と言ってくれる方が、ずっと大事にされていると感じる。

ところで私は推しと呼ばれるような存在が笑ったり泣いたりすると、とても無防備になってしまって、心かき乱されてしまうのです。その人がどう見せたかったのか、ということを考えることができなくなり、「泣いてる……」とか「笑ってる……」とかそれだけになる。それは、応援している人だけでなくて、他の舞台やテレビにいる人たちにも同じで、カーテンコールとかで泣いてしまったりする彼ら彼女らを見るとかなり動揺してしまう。たぶん、「見ないでほしい」と彼らは思わない、という前提があるからだろう。

舞台俳優やアイドルや歌手や、人前に立つことを仕事にしている人の面白さはそこにあって、「自分」と「他者が見る自分」には必ず差があり、違いがあって、その違いにこそ世界や他者への意識が込められていくはずなのに、そしてその差分を、仕事にできるぐらい研ぎ澄まして徹底しているのが彼らなのに、なんらかのタイミングでそのバランスが崩れたとき、彼らは想定外の自分が顔を出すことを心の底から受け入れている（逆にそうしたことが一切起きないレベルで自己を0に近づける人もいて、それはそれで魅力的だ）。それはどうしてなのか、に対する答えは多分人によって違っているだろう。でも私は、彼らが見られることに困惑しないからこそ、彼らはコンテンツではなく人として、遠く離れたファンの瞳に映るんじゃないかと思っている。縁もゆかりもない、舞台上の他者に、対面した人間には感じられない「近さ」を私は、感じているみたいだ。それは「親しみ」とも言えるし、「許され」とも言えるのかも。彼らの完璧な自己への意識、「見せる自分」の練度によって、逆にその人の内面に思いを馳せることが許され、遠いはずのその人のことを、消費するのではなく、人として愛でてしまえている。こんなに離れているのに、そんなに熱意を持つのはおかしい、と推しを持つ人に指摘する人がいるのはわかるけれど、しかし、現実社会でどこの誰が、漏れ出した自分を、誰にも見せるつもりのなかった涙や表情を、どの方角からでも目撃されてよい、と許しているだろう。別に涙や本心が見たかったわけではない、涙を見てしまったときの「あっ、見てしまった！」というあとに引けなくなった感覚は現実においてはどんな人に対しても持つし、できれば気付かずにいたかったと思う。涙はどこまでも個人的なものだと思う。出てしまう涙、というものを私も知っていて、止められない涙というのを知っていて、それを見てしまうことの罪悪感が募る。相手が自分をコントロールしきれないとき、私は相手のためだけに相手を見つめ、相手が望む形での「見る」「見ない」を演じたい。自分の無力を思い知りながら、自分を打ち消していくしかない。けれど、他者のために他者を見据えようとする私に、舞台の彼ら彼女らは、きみはきみのために私を見ていい、と知らせてくれるのだ。それでどうして「好き」と思わずにいられるのだろうか？　どうしてこんなに離れているのに？　という問いへの答えは「離れているからだよ」がきっと全てで唯一なのだろう。

死について

つい先日、仕事相手に依頼されていた詩を送ったのですが、その後、「死という単語が用いられているのは一般的にあまりよくないと思うので、修正できないか」という連絡がありました。死という単語はあるものの、死へ誘導するような文面ではなかったのですが（生の一部として死という単語を用いました）、その単語自体が恐怖である人もいるはず、というのが相手方からの意見でした（付け加えると、媒体の特徴として私の読者以外も多く見る場であったため、特に気にされたのだと思います）。

もちろんそういう人はいると思いますし、私はその人が私の詩を拒絶することを否定しません。それは個人の感情として尊重されるべきです。しかし、仕事相手も私も発信する側です、発信する限り、受け手がどう思うかを勝手に想像し、それを理由に発信するか否かを決めることは、受け手に責任を負わせるような行為だと思いました。死は一般的にネガティブな表現、とされます。特に日本では「穢れ」として死が避けられていると感じます。しかし、そうやって世間が死から距離を置くことで、現実に死に直面している人だけが孤立することもあると私は思います。死という単語を語ることが否定されるなら、私はもうこの気持ちを語る言葉を持たない、と思う人もいるでしょう。死に恐怖する人と同じぐらい、死が伏せられ続ける世界に恐怖する人もいると思います。そしてその人たちを理由にして「死」を許せ、ということもできません。誰も、傷つけずに済む選択などありません。だから私たちは、「みんながそれを求めているから」という理由で、死を隠したり、死を打ち出してはいけないと思う。それは、その発信に傷つく人に「みんなが望んだから」と告げることです。暴力でしかないからです。わたしが何故それを選択したのか、その理由は、「わたし」にしかない。「わたし」としての理由を持つしかない。発信をするというのなら。私は、そう思います。

私は、誰でもいつかは死ぬのに、死ぬということを語るのを恐れるというのは、とても怖いなと感じています。自然の中に自分がいて、自分というものをできるだけ自分自身で感じ取りたいという時に、とても大切な部分が伏せられていると感じるのです。死が闇雲に恐怖の対象となるとき、死は「必ず起こるもの」ではなくて「起こるかもしれないこと」として現れているように思います。私は幼い頃、親に「ずっとずーっと死なないでね」とお願いしていました。でも人は死んでしまう。死んでしまうのに、そう願うしかないというのは、何かをきちんと知ることができていないように思えて、「その恐怖の仕方でいいのだろうか」と今になって思います。誰もがかならず死んでしまうことは恐怖です。でも、「もしかしたら死んでしまうかもしれないし、生きていられるかもしれない」と怯えることよりは、ずっと穏やかに感じるんです。なぜなら、死が数人にしか訪れない不幸なことではなく、必然として現れるから。もちろん不幸な死はあります、不運な死はたくさんある。そんなものはなくなればいいのにと私は強く思う。しかしそれは、死が不幸なのではなく、死との出会い方が不幸であったとも思う。好きな人にこそ「長生きして幸せに大往生してほしい」と願いたい。「ずーっと死なないで」ではなくて。

私はだから、「死」という言葉を用いた詩を書きます。けれどそれは私の選択でしかなく、関わる媒体がどちらを選択するのかについては、知りたいし、尊重したいと思っています。「一般的にそうだから」といった、受け手に全てを負わせる答えでないのなら。媒体自身の選択と、私はただ対峙がしたい。

（問題となった詩は、秩序にさらされることのない生命を描くため「森」を登場させていました。生の中には死がある。森の中を歩くとき、そこにどれほど多くの死骸があり、それらと今生きる虫や動物がどう共存しているのかを考えます、そうした自然や空間を描く際、「死」という単語がでてこないのはファンタジーであると思いました。人の死の描写もあったため、社会と切り離された表現だったとは言えないし、他に差し替えたいという相手の気持ちもわからないわけではないのですが。ただ、私にとっては、自然の描写としての死であり、森を描く限りは避けられない描写でした。）

冷たい朝の空気を吸ったら、急に小学校に登校していた頃のことを思い出した。頭の中にそんな感覚が残っているとは思えず、むしろ思い出したのは、空気を吸った肺であるような気がして不思議。記憶とも言い難い、細胞だってずっと同じなわけではなく、生まれ変わっていくはずだから、どこが、なにが覚えてくれていたのだろうと思う。思い出すって謎だ。思い出すたび、私は私ではない生き物の存在を感じる。私の中に別の誰かがいて、「あの頃はそうだった」と語り出すみたいに。そういうのをとても、面白いと思う。

体の細胞は数年で全て入れ替わるという「よく

聞く話」は、誇張しすぎではあるらしく、生まれてからおんなじ細胞がずっと残っている部分も体にはちゃんとあるんだそうです。爪が伸びて、それを切って、と繰り返す人生だし、忘れてしまうことは多いし、「ずっと同じ細胞がある」より、「みんな入れ替わってしまう」という言い草のほうが、びっくりしつつもしっくりするのはなんでだろう。わかりっこない部分が多過ぎる肉体には、「裏切ってほしい」という期待もあって、信じられないことが真実である方が、「信じられる」のかもしれない。「そりゃ理屈はそうだろうけど」みたいなことは、ぶっちゃけ信じたくない。みたいな。（これはたぶん、死を恐れるところにも直結していると思います。人は簡単に死んでしまうが、理屈はそうでもそこを受け入れたくない部分があって、神秘的な事実があればと願っている。そして時に科学は、想像を超えた、理屈を二段跳びしたみたいな事実を見つけてしまうので、人はどこまでも諦めきれないんじゃないかなあ、でもそれは、人を合理性だけの生物にしない理由でもあり、多分私が詩を書く理由とも地続きではあるのだ）

「自分」という存在が、確固たるもの、世界や他の人とは繋がっておらず、溶け合っておらず、絶対的な境界線で区切られた、独立した存在だと思っているのは、「社会」といった人間のシステムぐらいであって、実際のところ私は、「私」が独立してなどいないだろうと思う。細胞が入れ替わっていく、捨て去られた細胞は川にながれて、海へ行き着き、誰かの餌になるのかも。そういう繰り返しのなかで、どうやって個人を個人とみなすの。私たちは繋がっていて、(もちろんSNSとかの話ではないです)、だから、他人に対して冷たくできたりするんではないか。優しくできたりするんではないか。独立し切っているなら、たぶん「人を殺してはいけない」という倫理が他者と共有されることはなくなります。エゴによっての判断だけが全てとなり、暴力が貫く世界となるでしょう。って、なにを私は書いてるんだろうなあ。胃カメラをして機嫌が悪いのかもしれない。とにかく、私は「私」ではあるが、ほんとはそこからはみ出続けているのだということ。個人が個人であることを証明するはずの肉体は、実はずっと固定された「1」ではなく、減っては増えて、減っては増えて、そしてその減ったものはどこにいったのか、増えたものはどこからきたのか、わからないということ。その曖昧さに、「私」を証明させることなどできるわけがない。記憶の話でした、そう、記憶の話。私は、何かを急に思い出す時、もしかして私ではなく、世界の方が、思い出しているのでは？　と思うのです。

忘れてしまっていることはいくつもあり、しかし忘れたことは消えるのではなく、どこかに蓄えられている。それが私の中にあるのではなく、世界の中にあるとしてもおかしなことではなくて、だって、私はいつも世界と繋がっているから。というか、世界の一部として生きていて、なんとなく、利便性を重視して、「1」っぽくしているだけだから。だから私が何かを思い出す時、ハッとしているのは、私ではなく世界であるのかもしれない。毎年同じ時期に空気が冷たくなり、同じ時期に同じ花が咲く。桜に飽きているのは私より世界の方であり、その美しさに気づく時、世界は、自分が美しかったことを思い出すのかもしれない。気づく、思い出す、という行為は、見えるもの聞こえるものをより鮮やかにするが、それは幻なんかではなく、本当に世界が目覚めた瞬間かもしれないね。私は私の境界が曖昧であると思いながら、そう、だから世界だって私の手の中にあるの、と思います。

いくらでも私は、世界を美しくできるのかもしれません。

門外漢のぼくらに

新刊とかについてのインタビューを受けても、新刊のことだけを聞かれることは少ない。いまのさまざまな問題についてコメントを求められることはあって、それにわたしが正しく答えられるわけがない、と思いながらもできるだけその場で考えて答えるようにしている。コメンテーター的なことをしたいわけではないし、できるだけ正答とか求められていることを差し出すようなことはしないようにしている。ただ、悩む、ということ、そして悩むことがみえる言葉で答えていきたいと思っている。

このことを今書いたのは、先日作家たちの座談会で、「インタビューにおいて求められる社会的問題へのコメント」が話題になったからだった。インタビューは作家は大抵新刊が出た時に受けるのだけど、おもしろいぐらい新刊のことだけに終わるインタビューなんてない。けれど話すのが上手い人なんて作家にはそんなにいないから、やはり咄嗟に答えを求められることに対してどうしても困惑される方は多く、わたしもそれはそうなんだけれど、でも、わたしは一方でインタビューに際してのそういう問いかけにめちゃくちゃ答えるし、そういうことを聞かれる側として立ち続けているな、と思って、「わたしは全部答えますよ」と言った。正しいことは全然言えないけど、と。

この話題になった時に思い出したのは、ミュージシャンたちによるインタビューだった。わたしがそれなりに仕事をするようになってミュージシャンのひとたちと話す仕事もいくつかやってその度に思うことは、作家よりもミュージシャンはもっともっと、社会的問題について質問をされる、ということだ。それはミュージシャンがステージにたち、その身一つでファンたちにぶつかっていくが故に、作品単体というよりは、「作品を生み出す人間」として、視線にさらされ、コンテンツにさえなりかけているからだと思う。彼らはだから、あなたという人間はどう思うか？　という問いかけに対して答え慣れている。そして間違えることとか、失敗することを、覚悟しているように見える。そうした問題にぶつかってきちんと答えようとする人には大抵、その覚悟を感じる。

定型文的な答えを差し出すことはここでは求められていない。インタビューする側もその人が正解を出すなんて思っていない。わたしがそういう媒体の人からされるインタビューの場合は、ネットでの誹謗中傷やいじめ問題について聞かれることが多いが、それはわたしのためにされる質問でも、聞く人間のためにされる質問でもなく、どこまでも「そのインタビューを読む層」のための質問であると感じる。もっと言えばわたしのことを信用してくれていたり、好きだと思ってくれている読者のためだと感じる。アーティストや作家がその問題について考えて、悩んでいる時間を見せるためにそのインタビューはあると感じるのだ。答えなんて出なくても、その人がその問題に対して考える時間を見せることは、彼らにとってとても大きな意味を持つだろう。彼らが考える時間をもたらすだろう。そのためにそういう質問はあり、わたしはそのためならそういう質問を受けたいと思う。

コロナの問題が起きてから、いろんな雑誌のコロナ特集に、詩を書いてほしいとかエッセイを書いてほしいとか、そういう話が結構あった。特に、文学系じゃないところから、冒頭にそういう文章を載せたいという話が多数舞い込んできた。そんなすぐに答えをだせるわけがないし、とくに作品として完成させることは流動的な問題を前にすると難しいのではと感じる。その時はそうだった、でも次の日にはそうではなかった、というようなことを作品として固めてしまうのだ。だから求められる反射神経的なものに参ったりもした、したけれど、詩や、巻頭エッセイが依頼されるその理由はなんとなくわかってもいたのだ。それはたぶん、そのページ以降、さまざまな専門家による答えが書かれるのを見越しての依頼で。そこには多数の「答え」があって、「啓蒙」があって、どうやってもそれに対して読み手は受け身的になってしまう。でもコロナに関しては誰もが当事者で、そして、実はみんなコロナによって受ける影響がバラバラすぎる。隣の人が商売が立ち行かないと悩み、別の隣の人が介護や育児の問題で頭を抱え、すぐそばに学べない学生がいるかもしれない。「わたしはどう思うか」が、その人の中にしかなくて、でも世の中には正しいとされる答えとか、確かとされる答えとか、それから共感される気持ちとか意見とかがたくさんあって、その濁流に晒され受け身になってしまうしかない。そういう時に、その人がその人としての感情を掴みとる瞬間をもたらすページを雑誌は作りたかったのではないか。詩はどうしても、文脈が少なくて、情報量もすくない。読み手が自分自身の感情や考えを詩の下地として、「自分にとってその言葉はどういう意味なのか」というところから詩を読んでいく。誰もが同じように読むことはないし、その人がその人の言葉を見つけ出すように読むところがある。詩を読む時、その人は受け身ではいられないのだと思う、だから、詩や詩人としてのエッセイを実用的な雑誌に載せたいと考える編集者がいるのはよくわかった。

（書いていて思ったけどこれはインタビューとはまた違う話ではある。答えを出さない、というのは共通だけど、インタビューのようなわたしの身体的な部分とは真逆ではあると思う。）

インタビューされるとわたしは「わたしという人間」として、何を発信するかを求められていると感じて、わたしはわたしを作品にしているわけではないし、できれば作品だけを見てほしいと強烈に思うが、どちらかというとそれは「作品をどう読んでほしいか」とか、そういう作品に関する質問に対して思うことかもしれない。掲示された社会的問題については、わたしは読者が考えるきっかけになるなら、とてもよいことだと思うし、そういう時に自分は作品だけ見てほしいとかそういうのは、ほとんど考えない。正しいことなんて言えないし、その問題をずっと調べてきたわけでもない自分が何かを言うなんて思い上がりが過ぎないか、とも思うけれど、それでもやらないという選択肢はないように思う。わたしは、わたしがそれについて考えることで、別の誰かがさらに自分で考える時間があるなら、一人でもそういうことが起こるなら、やるべきだと思う。それは単純に人が理不尽に傷つけられることが、めちゃくちゃに気持ち悪くて嫌で、吐きそうになるからだ。世界をよりよく、とか、大人としての責任、作家としての義務、とかはない。でもめちゃくちゃ吐きそうになる。傷ついた人とか死とか、暴力とか。ほんまいやや。世界を牽引するような、不安に思う人々を引っ張っていくような、みんなの怒りを背負って戦えるような、そんな人にはなれないし、なりたいともおもわないし、わたしはただ不安に思う人間の一人で怒りを抱える一人で、嫌なニュースをみて一日丸ごと吐きそうな気持ちになるような一人であるというだけだ。そういう人間のままでインタビューを受けているというだけ。そしてわたしはそういう人間たちがこの地上には多くいて、その存在こそが次の世界を作るとも思っている、大袈裟でなく、普通にそうだと思っている、誰が引っ張るとかじゃない、気持ち悪くて最悪な気持ちになっている人たちが、未来を作るのは揺らぐことのない事実であり、別にこれは前向きな煽り文句でもない。誰もが発信できて、誰もが考えることができる、身体を持ち、言葉を持つことがもたらす最大の価値とは、未来が我々のものであるということだ。

わたしは正しくも確かでもよく勉強しているわけでもないがこれからも、インタビューで仕事に関係のない社会的な問いかけに答えていくだろう。いつか炎上するかもしれませんがその時はできれば優しく叱ってください。(などと、座談会では言った。しかし本当は炎上なんかより、不勉強により誰かをひとりでも傷つけることが怖い。)

勇敢なるがんばれよ

きみに、がんばれと伝えることに抵抗を感じている。誰もがもうがんばっているのだ、他者と比べてでも過去の自分と比べてでもなく、ただ今の自分が自分であるために、ずっとがんばっているのだと思う。がんばれ、という言葉をもう長いこと誰かに伝えてはいない。それが暴力になる可能性を、ぼくはずっと感じている。それでも。どうしてここまでして、苦しい思いをするとわかっていて、突き進まなければならないのかと思う日がある。理不尽さに痛めつけられたとき、不運なんて言葉で苦しみをごまかせるわけがないとき、それでもぼくは歯向おうとしていた。疲れ果てることになるだろう、疲れ果てた未来の自分はきっと、がんばっているんだろう。そうして、がんばることを「無駄だった」と思い始めているだろう。

だからぼくはそのときの自分に「がんばれ」と言いたい。歯向かおうと決めたとき、勇気を出して立ち上がるとき、ぼくは、未来のぼくに祈っていた。未来のぼくを案じていた。どれほど未来のぼくへ、今「がんばれ」と叫ぼうとも、届くことはないけれど。疲れ果て、戦いを無意味だと思ってしまった瞬間に、届くことはないけれど。「違うんだ、打ちのめされ、押しのけられ、まるでぼくに心がないように、ぼくの言葉など最初からなかったかのように、周囲が、世界が振る舞うときこそ、ぼくは本当の意味で踏みにじられてしまうんだ」いつだって理不尽さはそうして、疲れ果てたぼくを黙らせようとする。だから、どうかがんばってはくれないか。

（でも、そう言ってしまうことが本当はとても苦しい。）

誰かがそのとき、過去のぼくの代わりに、「がんばれ」と未来のぼくに言ってくれるなら、ぼくは「がんばっているよ」と息苦しそうに、答えるだろう。疲れすぎて返答すらできないのかもしれないし、むしろ苛立っているかもしれなかった。

理不尽さが、たとえば未来まで続いていこうとするとき。他者を巻き込もうとするとき。せめてもの美学や良心さえ奪おうとするとき。黙ること、耐えることが、まるですべてを了承したかのように受け止められてしまうとき。戦いたくはない、疲れるんだ、ゆっくり幸福になりたい。それだけなのに戦わなくてはいけない人が、この世界にはたくさんいる。だからいつかぼくも、未来の自分へ「がんばれ」と言うしかなくなる時がくる。

本当は、立ち上がったそのときは

できる気がしても、時間が経てばその無謀さが身にしみてわかることはあるし、そういう後悔の中で、ぼくは過去のぼくこそが正しいなんて、決して言えない。そのときを生きるその人の「諦め」を、過去の、もはや他人でしかないぼくが、否定できるわけもないし。それでも、未来の自分へ「がんばれ」と言うしかなくなる時が来て、ぼくは、勇気を出すしかなくなる。「もっとがんばれ」ではなく、その人のこれまでのがんばりに、消すことのできない質量を与えるために、だ。

ずっと、応援や激励に、贈り物が添えられるのって不思議だと思っていた、達成したときにもらえるご褒美じゃないのかと思っていた。でも、もしかしたらそれは、「がんばれ」と伝えるその人の勇気を支えるものだったのかもしれない。だって、重さがある。労りがある。「もっとがんばれ」ではなく「がんばっているね」と伝える人に、なりたい人はきっと多いよ。

感動がもう本当の感動なのかわからなくなってしまいました。感動をしすぎる、というところが私にはあり、壮大なものを見るととりあえず泣いてしまいそうになる。大人数でひとつのものを成し遂げるとか、そういう映像を見ると、確実に涙腺が刺激されてしまう。が、これは感動なのか？　もはや感情を介していないのではないか。生理的に涙腺が反応しているだけじゃないかと最近は思ってしまう。すごいことが起きたときに、何かを思ったという感触はなく、それよりも早く鳥肌やら涙がでる、そのとき私は「感動」だとか言っていいのか、いつも結構疑っている。感情と思えば楽でしょうよ、と日々思う。それは形がなくて、あいまいで、忘れてしまえばなかったことにもなるかもしれず、そんないい加減な存在なのに、みんなきちんと尊重してくれる。マイナスイオンみたいなもんだと思う。そしてだからこそすべての行為には、その前に感情があるということにみんなしているけれど本当にそうなんでしょうか、聞きたい。トイレに行きたくなって行く、という行為には感情が算出されていないから純粋だ。それぐらい生理的なもの、実はもっとたくさんあるんじゃないかなあ、と三十年人間やってると思ってしまう。

私は日常でぼんやりと街を歩いている時に、感情をわきださせる自分の臓器は完全に眠っていると信じている。歩いたり、なにかに目を惹かれたりはするけれど、そこに悲しいとか嬉しいとかおもしろそうとか、そういう感情があるかっていうと微妙だ、無表情で歩いてしまっています。昔笑顔でひとり歩いている人が本当に不気味でしかたなく、あとそれをやっている自分を想像したらものすごく下品な気がして恥ずかしくて無表情で歩く癖がついた（印象が悪くなるので今ではそれを後悔している）。笑顔で歩く人の何が不気味って、歩くことに何らかの感情が湧き起こっているんだとすれば、毎日同じことを繰り返していながら、その感情に一切慣れておらず、麻痺もしておらず、眠ったら、休憩したらその瞬間抱いていた感情のことを忘れ、また歩き出すだけで新鮮な気持ちでその感情を楽しんでしまえるっていうそのこと。それはかなりこわい。感情ほど慣れるものはないよ。慣れるはずのものもないよ。純粋な人はいつだって新鮮な気持ちで、なんて話もあるかも知れないけれど、毎日毎日同じものを食べておいしさと嬉しさで泣かれたら恐ろしい、うしなってはじめて気づく幸せ、というのが実は正常なんだろう。幸せ、失う前に気づいてどうする。感情とは麻痺していくものであり、日常を豊かにすることを期待すべきではない。ルーティンワークばかりの日常は一番に色あせていくものなんだ、そうであってくれと思っている。

はあ、ドライアイみたいな発想になってしまった。どうして私の考えていることは言葉にするとこんなにもカサカサしているんだろうか。かなしいやうれしいというのは、当たり前のものに思えても、実は非常に特別なんだと、ただ思っているだけなのにな。私は音楽が演奏されているのを生音で聴くだけでじーんとしてしまうような性質を持っていて、そこに「感動」とか名付けるのは感情の大安売りだとしか思えない。

やばいをただただ連呼するのは馬鹿にしか見えないということを言う人がいて、でも私は「そもそも形容詞は全部中身がない」と思うのだけれどな。美しい絵を見て「美しい」と言うのだってずいぶんと「何も言ってない」。その二つの差は言い方でしかないのでは？　と思うし、そもそも中身のあることを言う必要が人にあるとは思えない。

頭が悪くなるのだ、おいしいものとか美しいものを見ると。もうそういうことなんだと思う。形容詞とはそもそもその頭の悪くなった状態から生じた言葉なんだと思っている。「やばい」と連呼するのはおいしいものを食べて「おいしい」とか言ってる人をデフォルメしただけであり、どっちだっておいしさに屈して、頭が空っぽになっているのは変わらない、なんてね、なんのために私は今、全人類に喧嘩売ってるんだろう。というか、喧嘩を売りたいのではなくて、感動とかいうものがあるのだとしたら頭からっぽになることが感動なのだと信じている、というそういう話です。「やばい」が馬鹿にしか見えないというのは正しく、そしてだからこそ形容詞は全部馬鹿にしか見えない。馬鹿にしか見えないから形容詞は美しい。

話は変わりますが、エモい、という言葉がここ数年よく使われるようになって、私の詩も「エモい」とよく言われるようになりました。ちなみにそのまた前は「セカイ系」と言われました。「エモい」という言葉が台頭してからは、随分と言われなくなりました。「エモい」と「セカイ系」、意味は結構違うはずだし、単純に言葉のブームが移り変わっただけにしか思えない。結局その言葉が私の詩にぴったりきているとかそういうわけではなくて、ただ「今よく使われる形容詞」に合うほどにはその詩が「今」と同期しているというそれだけなのだと思います。サブカルとかもよくいわれますが、これも結局「今に同期している」ということぐらいしか関係性はないのではないかな。そして、そんなことはともかくとして、「エモい」っていうのはエモーショナルな、ということで、「やばい」とかなり近い言葉だなあ、と思う。何も言ってない感がすごい。前述した頭空っぽな感動、というものを「やばい」よりもっと的確に表現しているなあ、とも思います。エモーショナルな、って辞書いわく「感情的な」であり、「感情」の種類すら指し示していないわけで、言葉が極限まで空っぽになっているというのに、「感情」というその部分だけはがっしりと主張しており、とても相応しい言葉だと思う。だからこそ多用されるのでしょうね。やはり、感動も空っぽだから。言葉を尽くせば尽くすほどむしろ嘘臭くなりやすいものだからだと思うのです。本当は、心が震えたなら、うまく言えなくても、「うまく言えないけど」とつまりながら、自分だけの言葉でそれを伝えようとすることが、言葉のみずみずしさを呼び起こすとも思っていて、でも、そういうのを省略して、「エモい」となんにでも言っちゃうこと、それがたぶん、本能に忠実なあり方なんだろうとも思う。言葉を放棄してしまう「感動」が、たぶん空っぽさに対する、一つの正直なリアクションなのだろう。そして言葉はそうした正直さから、本能から、はずれ、もっと底にあるものにさまよいながらも少しずつ、接続していくための道具なんだろうと思う。

お金のはなし

詩を売って、もらったお金で税金を払った。

なんか笑えた。

詩は世の中の役に立たない、非現実的、詩人は霞を食べて生きる妖精、などといわれるこの世の中に、詩によって支払われた税金が染み渡っていくことのギャグさよ。だからお金は面白い、だから仕事は面白い。

なにもかもが、ただ世の中にある「循環」の一部となるのだ。どれほどの額であるかとか、どういうところからのお金だとか、そういうことは関係なく、お金であるということがすべてを均一化する。いくらであろうがどこからであろうがお金は、10円玉と50円玉と1円玉と500円玉、千円札、2千円札、5千円札、1万円札、1円玉、5円玉によって構成され、ばらばらお金の川へと転がり落ちる。生活や時には感情にさえお金はひもづけられ、生きるためにも感動するためにもストレスを発散するためにもお金が必要とされるこの世の中に辟易することもありますが、けれど、つまらぬレッテルを、お金は吹き飛ばすのではないかと私は時々思います。

あなたがやっている仕事も、私がやっている仕事も、要するに出口はお金です。お金に変容するからこそ、社会という巨大で複雑なものの一部として、切り離されることがない。詩を読まない人はいるでしょう、不要だと言う人はいるでしょう、その人にとって確かに私の仕事は無益で無意味で無価値でしょう。でも私の仕事はそれでも「社会」の一部、仕事として成立をする。いくら稼いだとか、誰に買ってもらったとか、そういうことだって関係ない。「社会」、「社会」という大きな枠にとっては、ただ「流れを作る」そのことが重要なのだろう。お金は天下のまわりもの、その一部となることが、詩を仕事に変えている。お金は、社会における血だと思う。

私にとってお金は非常におもしろい存在です。人は共通の価値観や言葉を互いに持っている前提で生きていますが、実際のところは、それぞれがそれぞれの人生を生き、それぞれの環境の中で暮らしているので、他者の思考を理解することはできないし、それらの思考によって土台が作られた「言葉」を共有のものと認識することに危うさを感じます。言葉は通じない、という前提があるからわたしは詩人をやっており、「それでも言葉がこの世にあること」をみつめることで詩を書きます。だから人の集団は恐ろしいし、社会という言葉はあっても、それがなんなのか知るきっかけすら摑めない。けれどお金は。お金であれば。もちろん、環境によって1万円がどれほど輝いて見えるか、ということは人によって違うし、年齢によっても違っていく。だから「金額」における価値観はやはり通じ合わない部分も多いけれど、でもお金というものによって、社会へとつながっていく、あの感覚はたぶんみんな同じで、お金を通じて社会に触れて、だからなんとか社会の一部でやっていけているというそのことがおもしろい。お金で買えるものが一つも必要でなくなり、ほしくもなくなったら、私は社会すら摑めなくなる気がしています。私は他人が本当によくわからなくて、できるかぎり関わりたくないのですが、それでもこうやって仕事ができているのは、ご飯が食べたくて、服が買いたくて、本が読みたくて、お金がいるからだと思う。お金がいる、という話を普通にしたい。お金が卑しいのではなく、誰よりもなによりもお金を優先することが「卑しい」っていう話だったはずなのに、「卑しい」と思われることが恐ろしすぎて、一切お金の話をしない人が多く、この時代は怖いですね。その割に「社会に出ろ」とかは平気で言うから変ですね。社会って、お金の別名のようなものだと思うんだけど。

世の中

にときどきある「お金特集」みたいなものに呼ばれてみたくて、でも全然呼ばれなくて悲しかったのでもう自分で書くことにしたのが前述のものでございます。そしてこの原稿がちくまに載った時にネットに書いた言葉も←に載せてしまおうと思います。

私は、原稿料の交渉とかめっちゃ普通にやるタイプです（詩の原稿料は、文字数換算が多い雑誌などでは安いこともあるので）。それは今後、新しい人が「ぐぬう……」ってならないように、といううつくしい気持ちももちろんあるんですけど、大部分は「仕事をしたので報酬をくれ」という人間としての当たり前のシンプルな気持ちです。

　好きなことを仕事にしたのだから、お金の話をするのはちょっと……みたいなの考えたことがないです。この原稿にも書いたように、お金をもらうことは、自分の仕事が社会に組み込まれていくことでもあり、とても興味深いです。仕事をどれぐらい嫌っているかでもらう報酬が変わるわけもないのと同じように、好きなことであろうと、その道を極めることを第一と考えていようと、報酬はやっぱりただの報酬だし、労力に合う額を受け取るのが自然だと思います。そうやって、仕事を社会における「仕事」にするのだと。

報酬って「仕事をする人の気持ち」に払われるのではなく、仕事そのものに支払われるものだから。気持ちとは別の次元にあるものだと思うのです。私は、仕事に対して誠実であり続けようと努力するし、そこにはすごく気持ちが関わると思いますが、でも、出来上がった仕事への報酬については、「私対クライアント」ではなく、「作品対クライアント」と思いますし、私は事務的に動いていくだけです。社会の一部として書き続けることだけが、書く行為の全てとは言いませんが、私はそうして社会の循環に詩を組み込むことで、詩に接していない人、詩に興味のない人の生活にまで、詩が届くことがあるのではとも信じています。これもまた美しい気持ちとか理想ではなく、ただ私はそっちのが面白そうに思うからそうしてるだけ……ってだけなのですが。あと、お金が必要だからです。あたりまえだよ。

川のようなところで生きている。

人とは頻繁に会わないので、みんな変わらないような気がしてしまう。本当はそれぞれが別のところで生活をし、家族がいて（もしくは、とても孤独で）、趣味があったり、仕事があったりして、日々を重ねて、やっとこさという感じで年をとるのに、どこかＲＰＧのレベルぐらいのものだと、他人の年齢を受け止めてしまう。人とは簡単に死んでしまうものなのだ、といつも思い、唱え、体に染み込まそうと必死で肌に擦り付けるけれど、どうしたって、その現実を当たり前とは思えず、「残酷だ」と思ってしまう。結局、現実が直視できていない。このまま私は死んでいくのでは？　え、嘘。とか言いながら死んでしまうのでは？　久しぶりにしか会わない人が死ねば驚く。その人が生きていたことすら十分に理解してなかったということなんだろうか。こわい。

人が死んだという知らせは知り合いだろうがそうでなかろうが、扱い方がわからない。全く知らない人でも、他人にとっては大切な人であり、その場合どうしたらいいのかわからない。わかる人なんているんだろうか？　私の友達が好きなバンドの人が亡くなり、それをまた別の知り合いに告げたところ「でもそのバンド知らんしなあ」と言われ、そのことに対して「つめたい」とおもった。でも本当に冷たいのは私かもしれない。「死」やら「いのち」やらの重さや大きさを、人に課しすぎではないか。「死んでしまってかわいそうだね」と、知らない人に言わせることは、暴力かもしれない。それを望むのは破壊的な発想かもしれない。やさしさとはなんなの？　当時幼かった私は混乱し、布団をかぶってしばらくこのことは忘れよう、誰かが死んだという話はできる限り人にはしないでおこう、なぜならこわい、とすべてから目を背けて眠っていた。

命の話は、「それすなわ

ちそなたの心の美しさ」みたいな態度で、その人の口から飛び出す言葉を見張っている。測っている。不気味だった。そこから逃げることは卑怯なのかもしれないけれどそれ以外にどうしたらいいのかわからなかったし、誰も教えてはくれなかった。

誰かが忘れないあいだは、その人は死なない、というの、正直嘘だと思うのだけど、でも、インターネットを使っているときだけは本当かもしれない、とときどき思う。誰かがネットで死んだ人の名前を呼ぶとき、確かにその人はどこかで生きているような気がした。「死」がずっと遠いものとして聞こえ、その人の名前の方がずっと強く耳に届いた。死んだということを、ふと忘れてしまいそうになる。ネットには生きている人しか存在せず、かといって死んだ人の書いたものも、投稿した写真もそのまま存在し続け、いつまでも触れることができる。情報としては生き続けている。それに、たとえ生きている人の投稿であっても、本当にその文字や絵や写真の向こうがわに人がいるのかはわからない。そもそも生きているのかということすら曖昧にしてしまうのがインターネットだった。そのぶん、死があいまいでもゆるせるのか。そこに、安らぎを覚える、ということも確かにあった。

　死を、「死」としてはっきり受け止めることはきっと誰にもできなくて、現実の「死」もまた誰も正しく取り扱うことはできないのかもしれない。あの、亡くなってしまったバンドマンの名前を、知らない誰かが今、つぶやくのを、ネットで見かける。誰かの中では生きている、というのは言い過ぎかもしれない、語る人がいる限りその人は死なない、というのも語弊があるのかもしれない。けれど、死に対して本当はずっと曖昧でいてしまった、ということをネットは許容していると感じる。死んだ人の言葉も写真も色褪せることなく、投稿されたその瞬間のままで残る。今いるかいないかということが情報としてさほど重要でないネットの中で、私は生と死の混ざり合った今を生きる。

生きていることを美しいことだとか、すばらしいことだとか、わかっていけばこの「死」にたいする態度も身につくのかと思っていたのに、実際はその真逆で、もっと遠くの人の死を、遠いままで知ることが必要だった。遠い死を、遠いままで知るには、それを語る「今生きている人」が不可欠だ、死を直視することができない人たちの眼差しによって、遠くの人の死が、遠いままで、でも消え去ることなく残り続ける。それはその人の生を永遠にするのとは違う、生と死を曖昧にすることで、消し去ることだけはさせないと、試みることに近い。

死んだことがない私たちには、死をただしく取り扱うことなどできない。だから、すこしずつ死を手に持って、おとさないよう、こわさないよう、大きな花束を運ぶようにいろんな人とともに、未来へと運んでいくのかもしれない。

／

大人になったら好きなだけアイスクリームを買って、すべての空腹をそれで満たすぞ、と思っていたのにそんなことをいまだにしたことがなく、そんな自分にガッカリしている。三個連続でアイスクリームを食べるのはなかなか困難だと思っている自分が悲しい。しかしそれでもまだ私は子供の頃の欲望を残している方だと思う。信じたい。ぬいぐるみは持っているし、部屋全体のコーディネートなど考えずにかわいい雑貨をひょいひょい買ってしまう。いつからだったか、友達の部屋にぬいぐるみがない、というのがあたりまえになり、部屋の中までオシャレなのが普通になり、学習机とか昔の参考書とかぬいぐるみとか、キャラクターの入ってるカーテンとかどうしたんですか、と震える。みんな子供だったはずなのに、子供だったという気配がなくなっている、ふつうにホラーだ。本当に趣味が変わったというだけなのか。すべてをひっくるめていくように大人になっていくと思ったのに、何かを手に入れるたび何かを手放しているらしい。いや、本当は手に入れているのかは結構怪しい。確かなのは手放しているという、それだけ。

捨てなきゃどうにもならなくなっているのは確かだった。私は未だにどこかにいくと刻印ができる記念メダルを買いたくなるのだけど、昔は親がある程度時が経つと（そして私が忘れ始めると）どこかにしまいこんでくれていた。でも今はそれも自分でやらなくてはいけないからお土産入れが破綻し始めている。使うか使わないか、なんてお土産を買うときに考えるのは野暮だとすら思っていたのに、その破綻が怖いからだんだんとお土産を買わなくなってしまった。いいのか。旅に出た思い出は、いいのか。不安はちゃんとある。でも、破綻すると困るのは私だ。

こうやって人は大人になるのか？（思ってた

のと違う！）

健康に気を使うようになったのも、夜更かしすると翌日が辛くなってきたからだし、あますぎるものやあぶらっぽいものは胃もたれがひどいから避けているだけだし、必要でなくなったから卒業するのではなくて、まさかのついていけなくなったから落第、もしくは退学している感。子供ではなくなった、というか、子供でいるパワーがもう私にはない。だから、大人ってことになり、はたから見ても大人らしい態度を見せている。えっ、それだけ？　そんなもんなの？　成人してもうかなり時が経ったのにいまだに自分の願望や性格の幼さにびっくりし、それが世に出ないのは単純に体力や精神力が衰えたからだというそのことに絶望するのだった。

いまでも、チョコレートアイス10個とか一気に食べたいのだ。体が無敵ならば食べたい。謎の置物とか、使えるわけのない変な皿とかそういうのを旅先で買いたいのだ。部屋が無限なら買いたい。しかしできない。現実ではできない、それをすれば腹を壊すぞ部屋も壊すぞ、だから私はせめてもの償いに「食べたい！」「ほしい！」を声に出す。それさえ忘れてしまえば、私はあっさり私を大人なんだと信じてしまうだろう。今は、わざとらしくても子供を演じる必要があった。大人という言葉が魅力的だったのは、子供だったころだけだ、それこそアイスクリームを好きなだけ食べたり、キャラクターグッズで部屋をいっぱいにしたり、そういうことがゆるされるのが「大人」だと思っていた。そのまま、私は大人になってしまって、自分が何になりたいのかも何になるべきなのかも少しもイメージできないでいる。せめて自分の過去を否定していくことが成長だなんて思い込まないよう、大人はただの老いた子供だと繰り返しながら、わずかな「幼心」をたいせつにもう少し延命しようと目論んでいる。

どうやっても溶け込んでいけないのにみんなとかわたしたちとかいう言葉に囲われて得る安心感もあり、そしてそうした言葉を主語にして何かを語るときにしか言えないもの、励まされるような喜びがあるのも事実で、ほとんどの時間はこれでいいのかもしれない……なんて思うことすらあるのに、パソコンで言葉を打ち込んでいくと、全く別のことを考える自分がいる。自分の思考回路というのはやわで、すぐにさまざまなところからやってきた糸にからめとられて、自分以外のもの、たとえば他人とか世間とか噂とかメインカルチャーとか、そういうものとからみあって、一体となって、さも「自分一人の意見」かのように私を騙すけれど、文章はそれをゆるしてはくれない。書いた言葉は、どこまでも私が打ち込んだ文字であり、私私私というタグがつき続ける。そしてだからどんなときよりも「え、こんなことを？」と言いたくなるような、不意打ちのような言葉に出会うことができた。書いていると、自分が書くつもりだった言葉以外のものが時々登場する。そのとき私は、自分よりも言葉が主導となってこの文章を作っているんじゃないかと思っていた。自分とは違うものが登場しているのに、自分よりももっと深いところに潜っていけたような感覚。私にとってこれが一番の書く醍醐味だった。言葉という場で、自分一人だけで言葉を書いていくからこそ、もっと深いところ（自分すら0になったところ）に接続できるのかな、なんて思う。書く行為は私にとって、だから特別だ。

言葉で書くことでどうしてシンプルになれるのかというのは、たぶん単純に、私が最初からパソコンやらワープロを使っていたからだろうと思います。自分の書いた文字しか見えないし、その文字がいつも整った形をしているから、世界に自分しかいないような気がしてくる。そしてだからこそ細かに動き出す言葉に気づくのかもしれない。ここに私がいるのは様々な偶然や奇跡の重なりによってだと思っているし、たられればはなんの意味もなさないと思うのですが、しかしパソコンもワープロもない時代に生まれていたらこんな仕事は絶対にしてなかっただろうな、ということだけはずっと確信しています。

デフォルトの孤独

孤独であることをかっこいいなんて思ったことがない。何度かエッセイで友達はいらないと書いてきて、それは嘘でもなんでもなく心の底からそうなのだけれど、でも、それを読んだ人に、孤独というより孤高で、かっこいいですねと言われるとよくわからなくなってしまう。人に囲まれることが孤独であることより、正しかったり豊かだったり幸せだったりするとは思わないし、そうして優劣がつくことでもないとは思うのだけれど、だからって誰一人友達がいないということがまったく不安にならないわけもなく。そうして不安になってしまうことに、「なぜ？」と怖くもなるのだった。人は誰もが最初から最後までどこかでは必ず孤独であって、ひとりぼっちであって、それは本当に心もとない、孤高だとか言ってられない部分があり、突風をいつまでも全身で受け続けなくちゃいけないような、しんどさがある。それは友達がいれば解決するとかそういうことではなくて、体を持って生まれてきた、というそれだけでもう逃れることはできない。友達がいるかいないかは本当は関係ないのかもしれないね。ひとがたくさんいて、みんな誰かと親しげにしている時、ポツンと立ち尽くすとそのことを忘れ、自分一人がひとりぼっちであるような気がしてしまうのよなあ、それはとても傲慢な不安だ。そこから生まれた痛みを、そのまま「かわいそうなこと」と受け止めることはできなかった。そういう態度が私の文章には出ているのかもしれない。孤独ほど、自分のことでありながら、自分一人のこととして抱えて可愛がってはいけない気がする。つまり私は冷静を気取っているだけなのですよ。

冷静を気取るって。おい。私は正しくなりたいのか冷静になりたいのかみんなに支持されたいのか同情されたいのか、書いているといつもわからなくなる。本当はどれでもない。それらはいつかＡＩだって書けるようになることであるはずで、私はそうしたことのために言葉を使いたくはない、私がこうやって社会で肉体を持って、理不尽なことを言われたり言ったりする意味がないではないか。社会が発信した意識に体を同期させたのではなくて、私の肉体そのものから飛び出した言葉としてそれらを認めるためには、痕跡がいるわけだ。正しさを語らなくてはいけない人を見ると、それだけで私は悲しくなる。どうしてそんな、その人が本当は言わなくてもいいことばかりを言わせる世界になってしまったんだろう。ぼくは、高校生の頃、正しさを鈍器かなにかだと思って、意気揚々と殴りかかってくる人がほんとうに嫌いだったなあ、いまはまったくそんなことはない、というか、正しさを鈍器として見ているかどうか、ちゃんとわかるようになったつもり。私自身がきっともう、自分は正しくなくていい、と思っているからなのだろう、昔は私も正しくありたかったし誰よりも正しいと信じていた、他者が正しさを持ち出すとそれだけで腹が立った、自分の方が正確な立方体だって張り合うことの無意味さにやっと気づいて、私は、あ、人間だったわと持ち直したんだろうなあ。だからこそよけい、自分は人間だと強く強く叫びたい人が正しさを叫ぶしかなかったそのときの痛みにふれられるようになった。正しさは言葉で聞いていても何も楽しくない、語ることなど不要なぐらい早く世界が正しくなってほしい。

なんの話だっけ、そうだ、私は冷静ぶって、ひとりぼっちであることと友達がたくさんいることに優劣はない、ということを書いているけれど（それはそしてその通りだと思うけれど）、互いの孤独を埋め合うのではなくて、孤独は孤独のままに触れ合うことができる友達がいたらすばらしいことだよな、と思うし、でも今更友達を作るなんて本当に不可能だ、人と語る場で私は「どうにかして早く話を切り上げよう」と反射的に思ってしまう、などとすぐさまうちひしがれる。あとパーティーとかで壁際にいるのが本当に嫌いで速攻で逃げてしまう、おいしいご飯食べたいのによう、という不満が取り急ぎあります。孤独が体に備わっている基本的な感覚であるならば、それがただ美しかったりかっこよかったりするわけがないのだ、そんなチートはこの世にはない。

文脈なきときめき

私が散財するとき、その対象はほとんどすべてがファッションである。今日はどうしても欲しかったAKIRA NAKAのワンピースを手に入れて、「やった！　やったぞ！」と街を駆け抜けた。風になる、というのはこうした、「どうやっても手に入れてやると息巻いていた服が、実際に見ても、試着してみても、「ああ〜ちがう〜」とならずにただひたすら最高だった」ときだ。私は今日、風になった。ありがとう、ファッション。ありがとう、世界のファッションデザイナーたち。すべてのデザイナーたちの夜が、朝が、昼が、クリエーションに最高の天候でありつづけることを願うばかり。

価値があって、だからお値段に「うっ」となっても私は「うっ、買います」と続けるし、そうならざるをえない欲に身を焦がしているのだけれど、しかしどれほど回数を重ねても最初の「うっ」は消えない。人によってはファッションにお金をかけるのがばかばかしいという人もいるだろうし、ファッションに頭を使うのはくだらない、という人もいるのだろう。そのどちらの気持ちもわかる。私も入浴剤には全くこだわりがない人間で、夜になってまでなににしようかな〜とか考えたくないわ……だったら温泉街にひっこすわ……と思ってしまうし、それのファッション版と思えば納得ができるし、それぞれがそれぞれの好みで生きていけたらそれが平和ね、と思うけれどしかし、好きかどうかに関係なく、ここにはお金という、共通する価値基準が存在しているのだ。服を好きじゃない人が私の服に「うわ、高!」と言うことはあるし、そしてその感覚を責めることはできないのだった。だって高いのは事実。私だってお金がもりもりあるわけじゃないし「そうですよね……」と答えるしかない。好きだし、私は高くたってこれを買う、というぐらいに好きだし、と唱えるけれど、しかしこのいたたまれなさは永遠に、消すことができない。

でも高いからといって、パーティードレスとかではないわけですよ。私が好きなブランドは、そのほとんどが日常に着るために作られた服だし、私が選ぶのもそういう類だし。裾をひきずったりも、露出度が高いわけでも、スーツでもないし、生肉を使っているわけでもない（なつかしいですね）。それじゃあ私はその服を真の日常服として使っているのか、カジュアルに着たおしているのかと聞かれたら、「いいえ」と答えるしかなかった。やっぱり「ここぞ！」っていうときに、いそいそクローゼットから引っ張り出してしまいます。「敗北だ、これはあきらかな敗北……」と言いながら日常服のはずの洋服を、丁重に、緊張しながら、扱っております。だからクローゼットを見るたびに、お気に入りの洋服を見るたびに、あゝあこれの正しい着方は、日常にさらっと、なんてことないんですよ、という顔で着ることなのだろうなあ、コンビニとか、これでいっちゃう感じだろうなあ、コーヒーこぼしちゃっても「あっちゃー」で済ませるぐらいがちょうどいいのだろうなあ、はあああ、そういう人が着る前提で作られているのだろうなああああ、と悲しくなる。高いと思うけれど、しかし年に一回も行けるかどうかわからないかしこまったディナーや授賞パーティー（私は行かないですけどね）に行くときに着る服ではない。さらっとした見た目、でもよく見れば凝った作りをしている、というタイプの洋服なのです。超絶有名なブランドのロゴが付いているわけでもないし、超絶有名なデザインなわけでもないし、あきらかにきらびやかなデザインなわけでもない。つまり他人から見れば「カジュアルめ」な服なのだ。高いようには見えないし、そしてそれこそがこの服のかわいさを作っているのだ。だからいそいそと、クローゼットから取り出して、ここぞ！　というときに着るのはおかしい。ほんとおかしい。持ち主の私がいちばん、この服のことをわかっていない。私は勇気を振り絞って買ったのですよ、なんてことは誰にも伝わってないし、たぶんそんなの伝える必要はない。それなのに。私は。それなのに。一体、私は何によって視界を曇らせているのだろうか。

ファッションとは文脈のものなのかなと最近思う。私はず――――っと、ブランドのロゴが入っているカバンを持つ人のきもちがよくわからなくて、ルイヴィトンのあのマークとか、ちいさいころ「あの茶色いのべつにかわいくも何ともないけど何でみんな好きなの？」と思っていて（今は、品質がいいこととかはわかります）、でもそういうのって文脈なんだなあ、と思うようになった。コーチの財布のあの模様、一時期たくさんの周りの女性が使っていて、ふしぎでしかたがなかった。そもそもそのマークを知っていなければ、「あ、コーチだ」と思うこともなく、変な模様の財布だな、で済んでしまうし、それがおしゃれに見えるのってコーチだとわかる人の中にしかいないはずで、じゃあ、これはコーチを知っている人、マークを知っていてその価値を理解している人だけに向けたオシャレなのか、とふと気づいた。「男ウケが悪い」とか「若者にしかわからないファッション」とかいうふうに「自分がわからないオシャレはオシャレでない」と否定する人もいるけれど、そもそもオシャレとは、理解させたいターゲットに対して、そのターゲットに通じる文脈で行われるものらしい。私が本当は高かったの！　そうは見えないしそうは見えないとこがまたいいんだけどね！　と思いながら着ている服だって、たとえば同じような服の趣味を持つ女子の会で着た人が、同行する女性たちに「あ、それどこのでしょ〜、かわいい〜、高くなかった？」と言われているのを見たことがある。つまり他人の服の良さがわからない時、そのファッションは自分に対してそもそも語りかけてはいないのかもしれない。文脈がわかっていないから、私にはわからないだけなんだろうか。しかし、語りかけるとかそもそもなんか気持ち悪いような気もするんだけれど、それは気のせい？　なぜ、ファッションすら理解されなくてはいけないのか？　ファッションなんて「なんかいいね」だけでいいのであって、この言い訳まみれの時代に「「いいね」に理由なんてなくてＯＫ」がまだ許されている奇跡みたいなジャンルであって、そこに根拠やら理屈やらを作ってどうするというのだ（そしてこういうとき、ブランドのロゴバッグはすごいな、と思う。もはやそのロゴやブランドの存在を、文脈などいらない常識に変えていて、気持ちの悪い根拠や理屈をできるだけ単純に、そしてついには透明にしてしまっている）。

私はむしろ文脈を、心の底から放棄したいのだなあ、たぶんだけど、そうなんだろうなとコンビニの夢を見ながら考えていた。勇気を出して買ったからと、いそいそとかしこまったところで着ようとするのをやめたい。そんなのは文脈に自分が溺れてしまっているということだから。文脈なんて、後付けの愛でしかないのではないですか。私はそもそもその洋服が、そのブランドだから好きなわけでも、そのお値段だから好きなわけでもなくて、ぱっと見たときにものすごく好きで、「ああ着たい！」と思ったから無理をしてでも着ているというだけ。だからそのままで、その感覚のままで、街に出たいし、誰にもこの価格が分からないことをしあわせに思う。もちろん「かわいいね、その服」と言われるのは嬉しいけれど、その人も私がこの服に出会った時と同じように、文脈なんてない直感で、ときめきで、言ってくれたならそれが最高なのは間違いない。これで、コンビニに行けるようになりたい。変な願いだけれど、でもそれが本当の願い。ただその服が本当に、本当に、好きだから、私、この服で、コンビニに行きたい。

この前、対談をしている時に、苦手な本とか良さがわからない本が、ネットとかSNSとかで好意的に紹介されていたら、本当は違うのに、どうしても世の中全てがそれを勧めているみたいな感覚になって、つらい気持ちになるんじゃないか、っていう話をしていて（私の本が苦手な人は確実にいるっていう話の流れからです）、ああ、やっぱり本屋さんならその横に「私はこっちの方がいい気がする！」って思える本が並んでいるからいいよね、本屋さんはずっとあってほしいな、と思っていた。リコメンドはとても参考になるけれど、リコメンドだけで他が見えない空間と、他の本とともにポップでリコメンドがある本屋さんはやっぱりちょっと違っている。私の本が苦手な人はいて当たり前だし、むしろ、苦手な本があるっていうことは、自然なことだと思っている。芸術や文化の前に立つとき、その人はこれまでの人生全てを抱えて立っていて、だからどうしても嫌なものがあることをおかしいことだとは思わない。だからこそ心から惹かれるものもあるだろうし、それを愛する時間こそが大切なんだと思っている。その人が、その人だからこそ好きになる本。そういう本に出会う機会が作れるから、本屋さんはいいなと思う。

手に取れることの意味

というのはある、取れるところにあるもの、というのはそれだけで価値があって、私はそのことを特別に感じる。それは、その本の前にいる「自分」を無視しないからだろう。パソコンやスマホで情報を見るとき、私は私の体を見失うし、情報はどこまでも染み込んでくる。自分というものが無視できるほどにそれらを巨大なものに感じてしまう。でも、本という形で本屋さんにあれば、どんな世界中が讃えている作品も、有名な人の人生を変えた作品も、視点を変えれば「たかが本」だと思えるはずだ。誰が勧めようが人気があろうが、本は本以下にも以上にもならない。自分が好きだったり大切に思う本と、同じ大きさであって、存在感であって、なにより、読む人がいなければ、開かなければ、その本が本当の意味で存在することはないのだということを肌で思い知る。書店で、その本の前に立つまで、私の世界の中ではその本は存在していなかった、という確かさがある。「私」が掻き消えることがなく、いつも私を中心にして本があるのだということが証明され続けている。

本を前にしたとき、作品を前にしたとき、自分は、それまでの人生、時間、思考全てを抱えて、作品と向き合っていて、だからその作品と私の世界の中では、私がどう思うかが全てなんだ。どうしても好きになれない作品があったとき、どうしたらいいか、どうしても受け入れられない単語や表現がある作品を、好きになるにはどうしたらいいのか、という話が、冒頭の対談の中であった。好きにならなくていいと思う。そんな必要はない。どんなに世の中で受け入れられている作品も、友達が大切にしている作品も、好きでないならそのままでいい。私は私の作品を好きでない人に、好きになってほしいとは思わない。その人にとって大切な作品があるはずで、好きな本があるはずで、ただそれをどこまでも大切にしていてほしいと思う。

書店はいつもあなたは選ぶ側なんだということを教えてくれる。そういう意味で書店はとても面白い。こんなに本はたくさんあるのに、どこまでも自分が選ぶ側なんだ。こんな存在の認め方があるんだな、と思った。私はどんな本を読むかでその人の人柄とかセンスがわかる、みたいな考え方があまり好きではなくて、その人の本質のようなものに深く迫るのも浅く撫でるのも、いいじゃないか、その深度でさえも、読む人がそれぞれ選ぶことだと思うから。ただその人が選ぶ瞬間を待ち、自分だけがどの本に注目するかを決められる、という、その瞬間こそ、私は人の存在を包んでいると感じます。センスも趣味も人柄も、他人が勝手にいうことですね。あなたが、あなたであることをあなただけは疑わずにいる。書店はだからとても、静かなのだと思います。

いのち、気持ち悪い。

ここ最近になって、大体のものが気持ち悪く見えるということに対してとても素直になりました。花とか動物とか、きれいとかすごいとか思いもするのですが、体の半分は「なんか気持ち悪いなあ」と思っている。言ってはいけないことのように思えて、口にしないでいると蓄積されていくのだよ、そうして染み付いてしまうのだ。沈黙、しかし、やっぱり気持ち悪い、気持ち悪いのです。なんでそんなところに毛が？　とかなんでそんなところに粉が？　とか。怖くなる。それは見ているとだんだん私もその姿になってしまいそうな、そんな恐怖なのです。言ってしまえば人間だって気持ち悪いはずなのだが、私も人間だから気持ち悪くない。いや、ただ見慣れただけかもしれないな。毎日人間の側に暮らして、勝手に画素数下げて見るようになっちゃったのかもしれないな。ハイビジョンテレビになることで、毛穴まではっきり見えて、人の顔のアップがきつくなった、という話があるけれど、でもだとしたら肉眼はもっともっとどこまでも見ることができるじゃないか、近づけば、見つめ合うきみの瞳の白眼に走る赤い血管のうねうねとした動きが、見えるじゃないか。つまり全ては基本、気持ち悪いのだ、拡大しても拡大しても、jpg画像のようなドットは現れて来ず、ミクロならミクロの世界で情報がきっちり密集しており、どんなにズームインしても情報量が変わらないこの世界の不気味さ。ぼくたちは生きているが、その全貌を把握することすら敵わない。

自分が知らないことがこの世にはたくさんあるということを四歳とかそれぐらいで知り、ＮＡＳＡが宇宙人を隠しているときいたときにはもう本当に悔しく、こうなったらものすごく偉い人になってなにもかもを知り尽くしてやると思った私は勉強を頑張ったが、偉くなるのにも相当な努力と運と人脈が必要であり、なおかつ暗殺とかされる可能性が爆上がりすると知り挫折した。知らない世界があり、それらに包まれて暮らしているなんて私には恐怖でしかなかったのだよな、この体にも私が把握できないものが密集していて、まさしくあの頃と同様恐怖している。肌年齢を測る機械で、肌の細胞を見せられた時にそれだけで吐きそうになったのだけれど、みんなは自分がこんなにもぎゅうぎゅう詰め、かつ繊細な動物だということを受け入れて生きているんでしょうか。人間ならある程度画素数を下げて、適当に把握して終わらすことができるけれど、その他の生物はそれを許してはくれないね。シマウマのしましまはかわいいけれど、その毛の一本一本、そこに絡まった土埃、その先にある毛穴のぶつぶつした感じ、肌の色。現実に面食らっているうちに画素数を下げることもできないまま、全てを飲み干すこととなる。私は、命の神秘に触れ、命のこまやかさにふれ、そして自分もその類いなのだという事実に、あ、吐く、と思うのです。

見つめていると彼らになってしまいそうで怖い、と書いたけれど、本当はもう「なって」いる。その事実に気づくことが怖いのだ。私ほど私が動物であることに無頓着な存在は、きっとこの世にいないでしょう。そして、そのままで、ずっとありたいとも願っている。いつか死ぬのだ、私の中に心臓があるのだ、胃が、腸がうねうねと動き回っているのだ、なんてことを知らずにいたい。知らない、という恐怖に抵抗するには「知る」ではなく「忘れる」でなければいけないことを、大人になって学びましたよ、幼い私よ。

／

インターネットで自分の筆名について検索すると、「最果タヒっぽく書いてみましだ」みたいなのが時々見つかり面白い。他の人たちは「似てる！」「そっくり！」と言っているのに、私にはちっとも「ぽく」は見えないのが面白いのです。私の「似てない」と、読者の「似てる」、どっちが正しいって、そりゃ当然後者なのだ。

きっと、私は誰よりもいちばん、私に似ている人を見つけることができない。

結局、似せるために書くとき、人は当たり前だけれど、その作者のこれまでの作品を参照しているわけで（実際、既存の作品の一文を抜き出し、言葉を少し入れ替えるやりかたは多く観測された）。けれど著者本人っていうのは、むしろそこからどれだけ離れた場所で書くかっていうのが問題になるように思うのです、つまりいつだって「最果タヒであること」を忘れて書き始めなくちゃいけない。作家さんで「真似して書きましたって言われたのが全然似てなかった」というのは結構あるんではないか、これ、作家あるあるだったりしないのかなあ。私がいちばん私の作風を知らないし、だからこそ作品が作れる気もしている。ああ、わけのわからんなかでわけのわからんままに書くのが私の仕事です、そのままわけのわからんままでわからんことを鍵にすべてをやっていきたいわけだ。これからも精進いたします。

他人もいっぱいいるけど、私もいっぱいいる。

あ、コナンだ、とテレビをつけっぱなしにして部屋の奥でうとうとしていたら気づいた。土曜日の夕方。遠くの方でコナンが何かを喋っていて、私のすぐ後ろでは窓ガラスが夏の熱気をぴしゃっと遮断し、その熱気の中を子供達が笑ったり叫んだりして泳いでいる。夕方のこの時間の光の濃度、夜の濃度の中にひたりながらコナンの声を聞いている人がこの国にはいまたくさんいるんだろうと思うと、私は私という存在を大好きだけれどそれはやはり幻想かもしれない、と思うのだった。私とあなたはつながっているのかもしれない。あなたと私の知らない人も、繋がって、そうやってぶよぶよとカエルの卵みたいにやわらかくて透明ななにかのなかで「個」のつもりでゆれている。

ブログに日記を書いていたら、ああこれは詩だな、と思って保存だけして投稿しないことがある。詩のストックにしてしまう（何を突然、と言われるかもしれないけれど、冒頭の一段落はちょっと詩でもあるなと思ったから）。これが詩なのか詩でないのかみたいなことをどうやって判断しているんですかと聞かれたら、よくわからなくて、そういえば谷川俊太郎さんと対談した時も、書いている時にその言葉が詩になった、その瞬間が最初からわかっていたか的なことを聞かれて、私はぼけっとしているから「なんとなくわかっていました」と間の抜けた返事をしてしまった。しかしなんていうか「完成」とか「終わり」というのは、まさにそうとしか言えない顔で急に現れ、私の意思と関係なくすべてを終わらせるような気がする。どれが詩であるか詩でないか、終わったかどうかに比べれば私にとっては結構どうだってよく、たぶんどこに載せたらすわりがいいのか、というぐらいでしか判断していない。とにかく「完成」というものが外側からやってきてすべてをぱたぱたと勝手に決めていくような、そんな気がする。責任放棄の第一歩。

　でも、完成っていうのは、結局書くのに飽きたっていうだけじゃないかとかも思うんですけどね。

　　　　　こういうこと言うとちっとも神聖さがないなあ、とは思うんだけれど、完成したと思った瞬間にもう書く気がなくなっているんだからやっぱり飽きてんじゃないか、とは思う。書くという行為は私には娯楽のスーパーな形状でしかないのかもしれない。楽しいことをやめるっていうのはやっぱり飽きるタイミングだ。言い方変えれば満足した、とかそういうことで。子供だって遊びに飽きたら寝るじゃないですか。それと同じじゃないかな、なんてことを最近は思う。

　　　　　　　　　　　　　　　　　季節なんてそんなに好きじゃないんですけど、と時々思って、でも手紙では季節の挨拶があり、会話でもあたりさわりがないといえば季節のことを語り、みんなどうせ興味がないのになぜそこまで季節の話をするんだろう、と思う私もまた季節を利用させていただいている。夏だろうが冬だろうが、とにかくただただ人間は全員老いていき、道端に転がった不幸だとか幸せだとかにうっかりぶつかったり避けたりしながら、死にむかっていくのだけれど、季節があるとその辺りが気楽になるなあとは思う。回転しているからね。戻るからね。しかし冬の後にまた春が来ても、私たちはまた一歳に戻ることはないし、新しく生まれた子供が老人になるころ生きてはいないだろうし、逆に、私たちの老人姿を見られない人もたくさんいるのだろう。老いるということが怖い。そういう話をすると、シワや白髪がこわいのかと誤解されるし、アンチエイジングアンチエイジングとスーパーカリフラジリスティックエクスピアリドーシャスみたいな言葉が呪文のように囁かれて、「違う違うそうじゃない」と言うしかなくなる。単純にこの世が私の世界でなくなるのが怖い。こんな話をしたら今だってお前の世界ではない、と言われて当然なんだけれど、でもどうせみんな若い人はね、自分の世界だと思っている部分があるんですよ。こうやって凶暴な決めつけをするのも私が、私の世界だしここは！　って思っている証拠なんですけどね。実際のところ他人もこういう気持ちになっているのかなんて私はそうは気にしていなくて、とにかく私は私を中心に世界が回っていると信じていたし、信じるしかないだろ、と諦めてもいる。他人に優しくはしようと思っています。他人だって生きているんだから、とちゃんと考えてはいます。でもそうやって意識しなきゃいけないという時点で私はやっぱり私のことを一番に大切に思っているんだとも思う。正しいとか優しいとか美しいとか気持ちいいとか他人が決めるような評価はほんとどうでもいいんですよ。私は私がそこにいるというだけで私という存在そのものを最低限許してあげられる。そういうことを恥ずかしげもなく宣言するのはどうかと思うが、宣言はともかくとして心の奥ではずっとそうだと認めている。大人になったからこそ、それができているようになったんです。私は傲慢だしプライドが高いし、それでせめて他者を不快な気持ちにさせないよう、気をつけなくてはいけない。しかしその傲慢さそのものを失え、と命令する権利はたぶんきっと、誰にもない。そしてそういう傲慢さを自ら手放していくことが（しかもいい笑顔で！）、老いなんじゃないかと今はとても恐ろしいのですよ。

わかってほしいとは思わないけれど、自分が子供だったころに周囲の大人が本当に本当に愛してくれて、その愛しっぷりがすごくて、本当に心底自分を守ってくれるだろうと信じられたんだけれど、じゃあもう成人して十年がたった私はそういう大人として機能すべきなのか？　まじでか？　っていう気持ちにやっぱり正直なっちゃうんですよね。私の番、とかっていうのは理屈でしかないですよね。感情は別である。たとえば大往生とかあるわけじゃないですか。もう十分生きたって満足して亡くなられる方、そういう方のことも思うと、私はそうなるのか？　なれるのか？　いやそもそもなりたいのか？　わかんないし、怖いし、得体が知れないし、私が私を手放すというその瞬間がイメージできない。自分自身を溺愛するというこの自己愛状態がおわったとき、私はどのようにして自我を守っていくのだろう？　自我なんて自己愛で形成されているのではないの？そしてその自己愛が過剰だからこそ、人は反発し合うのではないの？　自分の話ばっかりする人と会話をしているとなんかすごく面白くて、それはその人の話が面白いわけではないんだけれど、うわあ、この人のパワーがすごいぞ！　っていうきもちで面白い（性格が悪い見方だろうワッハッハ）。逆に他者の話を聞いて、相槌をとても上手にうつひとは、どうしたって怖くて、頼むから家で私の悪口言っていてくれ、思っていることを世間体だとかのために飲み込んでいるだけでいてくれ、と願うのだった。とにかく人が人として、自己犠牲的なきもちでいるのを見ると、私もそうならなければならないのか、いやたぶんこのひとたちは意識してなっているのではなくて、そのように器官が働いて、勝手にそんなきもちでいるんだ、と思い知り、「やだー！　私もそうなるの？　こわいー！」って叫びだしたくなる。そういう意味での「老いがこわい」。それはもちろん大人として、そして社会を作っていく一人として、芽生えるべき感情なのかもしれないけれど、そういう「社会の一部として持つべき感情」を理屈として飲み込んでも、私はやっぱり私の肉体のなかにいて、その肉体からはみでることもできないし、社会というのは結局外的なものだし、なによりそれまで肉体を生かすためにひたすら生きていたのだから、そこからはがれろといわれてもどうやっても納得できないのだよね。社会としてはわかる、でも個人としてはわからない。こんなことを書いていたら冒頭に書いたこととつながりましたね。カエルの卵。なんだかんだいって私はたぶんたくさんのひととくっついている、個人のつもりでいてもそう独立してはいない。なにもかも割り切れないままふらふらと季節や天気に流されて思考をトランプのように裏表していく、そんな人生なんだろうか。まあ、別にテストじゃないからそれでもいいやと思う秋。秋がきやがった。

／

シンガーソングライターにしか書けない言葉というのがある。これは確実に、そう。自らで書いた言葉で、自らが曲をつけて、それを自らの声で届ける、という行為は、言葉の周りを固めていくことでもあるけれど、そうではなく、もっともっと、言葉の周りを、通常よりもやわらかく、透明にしていくことでもあって。それができるひとの言葉が好きだ。

文章としてだけで読むよりも、歌詞の方が、ぴょんと文脈が飛ぶ文章を、人は受け入れやすい。それは、自分の目の動きで言葉を追いかけていく場合、言葉を咀嚼しないと次の文にいけない、という人も非常に多く、文脈が飛ぶと反射的に立ち止まってしまうからだ。現代詩が一般の人にとって受け入れがたいのは、その文脈の飛び方をおもしろがるということに不慣れな人が多いからじゃないのかなあ。そういう言葉の楽しみ方を、私は学校で習った覚えがないぞ。むしろ、センテンスを小刻みに解釈して、文脈をひとつずつ繋げていくことに必死になる読み方ばかりじゃないか（それも一つの楽しみ方ではあるんだけど）。で、歌というのは、その立ち止まるということを許さない。声があり、テンポがあり、聞いている側はその勢いに飲まれるしかない。だから、文脈がわからなくても、そのままその言葉の渦に飲まれていくことができる。人を無抵抗にする、という点で、私は音楽に「いいな、お前はいいな！」という気持ちを抱いている。

それでいて、わからないまま突き進んだって、それだけなら何も響かないはずで。でも、やっぱり文脈が飛ぶからこそ、伝わるものってあるんですよね。一番代表的なのは「愛している」という言葉ですけれど、ここにどんな理由をつけて、論理的に説明したって、蛇足じゃないですか？　でも、「愛している」という言葉がすべてでもないんですよね。前に書いたけれど、「はくせいのミンク」の歌詞とか、そうですね、なんにも理屈は説明していないし、でも「愛している」ということをこの言葉以上に、深く届けてくる言葉だと思う。歌というのはそういう、すべてを飛び越えてしか伝えられないものを伝えるものではないか、と思っているのです。

そうして、その文脈の飛び方を支えるのが、呼吸のしかたや、メロディであって。言葉が飛んで、一瞬「わからん」とうけとめるのを諦めそうになる瞬間に、声の強弱や、呼吸、それからメロディによって、「いや、ここには何かある」という予感を与える。そうして、それをすべて自分でやるシンガーソングライターの言葉って、特別なんですよ。って、じゃあ、私もそれをやればええやないか、って話なんですけれど。私はそういう歌詞に心臓貫かれて、言葉ってこんなにかっこいいのかと思い知って、言葉というものを作品として、突き詰めることにしました。そのとき、もちろん音楽の言葉は、憧れだったけれど、でも、私はそのなかの言葉に恋をしてしまって、だから、音楽の言葉に感じたそのすべてを、呼吸を、音を、メロディを、勢いを、速さを、すべて、言葉のみでできないか、したい、っていうかせなあかん、と思っています。音楽にあって、詩にはないもの、たくさんあるけれど、でも、詩にはあって、音楽にはないものも、あるぜ。私は、知ってるぜ。だから、あるぜ、ってこと、「そうだね」って思ってもらえるような作品、書くんだぜ。

最近は作詞をすることがあって、やっぱり言葉を詰め込みたくなるのだけれど、この濃度は、シンガーソングライターの濃度だな、と思って止めることが時々ある。呼吸もメロディも意識の中にないと、この濃度は「歌」にはならない。むしろ、私の詩になってしまう。歌詞にならない。とかね、そういうことを思うことがあります。

つらい

めっちゃ毎日つらい、こんなにつらい日々が来るなんておもわなかった、コロナとか関係なくもうずっとつらい、もうね、いやなんですよ、いやなの、ふと急にすべてのことがいやになるの、まず全員のことがいやになる、人がいやになる、「人がいる」っていうことにうんざりして、そういう自分に気づいて、うわ、またか、と思ってしんどくなって、これはもう、詩を書くしかないんですけど、そしていいのが書けたりするんですけど、だからなんだよ、くそ、としか思えないですよね。いいのが書けたのは喜ばしいが。正直、お前がいい詩を書けたって私には関係ないんだよ、と書いた直後の私は思うし。はあ、もういいんですけど。

他人をいやになるための理由なんていくらでも揃っており、言いがかりであろうが思い込みであろうが、私が私のそれを信じることはいくらでもできるし、本当はどんなに善良で素晴らしい人だって、その人を私が嫌いになってはならない理由なんてこの世にひとつもないのです。これが本当に私はつらいんです。素晴らしい人間を素晴らしいとおもわなくちゃいけないなら、本能にもう叩き込んでほしいのです。きもいよお、なんで受け入れる前提なんだ、愛がどうこうできる範囲は限られているに決まってんだよ、マキロンで骨折は治らない。私はときどき人間がいるというだけでいやになって、「いるんじゃないよ」って思ってしまうから。もうどうしようもないですよね。まともなひとがまともに「あの人は素晴らしいなあ」と言っているのとか、素晴らしいから素晴らしいと言えばいいと思っているなんて、あまりにも考え無しではないだろうかと思ってしまうんですよねそのときは。あとあと自分の方がうわべではないかと気づいて落ち込むんですけれど。もういやですね、やめましょうかこの話。

こういう嫌悪感は実際のところ3秒ぐらいで終わるし、いつもは人がいようがいまいがどうでもいいし、みんな色々やってんだなあ、ははは、寝よ、としか思わないのだけれど、急に全人類が「お前をガン無視して暮らしてます」って言ってきた気がしてキレてしまうのだった。3秒だけね。たぶん寂しさとして処理されがちなそれが私の中ではいらだちであり、いらだちである限り、私は私にうんざりしてしまうのですよ。いやほんとはね、私がいい人でないからって私がうんざりする必要はないんですけれど。最低な人間をみんなが嫌うから、自分も自分がそうならないように監視をしている。ごみみたいな価値観ですよね。あー。

美しいものや正しいものや刺激的なものが、人の目を集め、そして肯定されたり否定されたりするのを見ていると、ときどき「しょーもねーな」としか思えなくなることがあり、いやしかたないんだけど、一人の人間が大衆の代表みたいに動くように見えていやになるんでしょう。知らん人が自分の家族について書いたエッセイとかは大好きです、家族を見ているのはその人がその人だからですし。その人の肉体があるからこそ、その人がそこにいるからこそ、存在することに理由など必要のない感情や思考だけを見ていたい、どうしてそう思ったのかどうしてそう考えたのか、教えてくれなくたっていい、とにかくそう思った、ということが読めたらそれでいい、それでいいと思えることが必要なのだと思います。その人がなぜこれを見ているのか、気にしているのかが、簡単に理解できるパターンになると、急にいやになることがあって。昔は「自分を見てほしい」のかなとか思ったんですけど、見られたくはなくて、たぶん、得体がしれない人間じゃないといやなのだと思う。人が「人っぽく」振舞っていると、自分もそうしなきゃいけない気がして、正しい人を称賛したり、美しい人にときめいたり、しなきゃいけないのかなあって思ってつらい。俺は、まずいのは知ってるけど、このラーメン屋が好きなの!!!! っていう意思を守りたいのです。そんな人間ばかりがいいのです、やはりコロナ関係あるかも、みんなそんな話は今ほとんどしないし、関係あるのかもしれない。つらい、つらいよおシクシクという話でした、すみません、暗くて。

短歌は数学じゃない

短歌が苦手。ユリイカで短歌特集をやったときに、穂村弘さんとの対談によんでもらって、私は短歌書けないねんと散々言った。そこには10代の時に書いた短歌ものせてもらったのだけれど、あのころから短歌は苦手だった。まず字数をなぜ決められなくちゃいけないのかよくわからなかったし、怒りを覚えてもいた。なのでほとんどの場合はふざけきった短歌もどきを書いて、お茶を濁していたのだけれど、そういうことをしているうちに運良く、それなりに作品と呼べるかな？　どうかな？　というものがかけたので、十年経っても私はそれを残していたのだと思う。そしてそれがユリイカにのって穂村さんの目に触れた。人生って本当伏線まみれ！（だからなんだよ）

それほどに私は定型というものが苦手で、書いてみようとするたびに「そもそもこの定型が！」「この！」とよくわからない苛立ちに震えていた。私は自分が書くものを事前にコントロールすることが苦手で、書こうとしたその時にそれがどれぐらいの分量になるかもわからないぐらいなので、こうやって字数を決められると、なにも書けなくなるし、とりあえず短いものを書くというイメージで、とやりはじめても、やっぱり「やったー！　偶然にも５７５７７のリズムになったー！」みたいなことは起こらないのだ（あたりまえだ）。しかしそれは私に能力がないからできないだけであって、読む上では定型があるものが好き。

定型があれば、その言葉の塊がいったいなんなのか、最初から明らかになる。予想外の内容だったとしても、「ああこういう短歌もあるのね」となる。こういう短歌。短歌、ってことだけは確かなんだ、すごいな、と詩を書いている私は思う。たとえば街に詩をはりだした場合、それが詩であるということを、説明もされずに受け止める人ってそんないないのではないか。怪文が載ってる！　ってかんじになるひともいるだろうし、キャッチコピーかな？　という人もいるだろうし。それはそれでしあわせだと思うけれど、でも、短歌の方が誰が見てもわかる「入り口」を持っているというのは明らかだろうな、とは思う。

詩も短歌も、「要するに何が言いたかったのか」なんて短い言葉で説明することができないものを、簡略や省略や四捨五入をせずにそのままで形にするものだと私は思っていて、しかしそれほどにもリーダビリティーを犠牲にした作品において、入り口もどこにあるのかわからない、この文字の塊がどういうジャンルのもの（作品なの？　手紙なの？）なのかもわからないって、やっぱり苦しいですよね。詩はそうした苦しさを餃子における辣油みたいに効かせる必要があると思って書いているけど、でもやっぱり苦しいですよね。たとえば詩が数字の乱雑な並びだとすると、定型というのはその並びが電話番号の形をしているとか、そういうことだと思います。３４６２５７９１４８６５７１２５８７４１６８４１３８７４とか急に書かれても怖い。０３‐５６８７‐２６７１これは筑摩書房の電話番号ですが（必要もない状態でかけてはいけません）ただの数字の羅列ではあるのに急に安心感がありますね。そういうことだと思うのだけれど、これは乱暴な発想なんだろうか。私は何事にも乱暴な発想で接する癖があるので今ひやひやしながらこれを書いています。あと小説とかは数字だけど単位が付いているイメージです。１６８４４５３９８７５６人、とか。新聞記事とか論文とかの日本語は数式かな？　＋とかイコールが登場する。２４６８４＋１２＝２４６９６なら、数字を装置として機能させた上で、その装置によって思考しようとしている、っていうかんじがする。そしてそれぞれがそれぞれ非常に特殊なことをやっていると私は思っていて、短歌に憧れるのも私が詩を書いているからだろうな、とは思います。言葉読むのが一番楽だなと思うのは数式の形をした、新聞記事とか論文とかです。

に対して期待しているものが明確でブレることすらないからだと思います。私は言葉を書いている時、あのiPhoneのアプリを長押しして、すべてのアプリがぐらぐらゆれだしたときの、あの揺れがすべての言葉に起こっている感覚でいるので、そういうことばっかりしていると、きちんと止まっている日本語に面白さを感じるのかもしれません。「こんなん絶対書けないわあ、すっごいなあ」といつも感嘆している。日本語に対する距離感をさぐっていくうちに詩人になったはずなのに、今では詩を書いているからこその距離感にすっかり染まっているし、たぶんこれが詩人の職業病です。

槍になろうぜ

ものを作っている人間としてはやっぱり、「ちらっと見ただけで嫌わないでほしい、嫌うならちゃんとたくさん読んでみてから、決めてほしい」と、思ってしまう。それはちっともおかしいことではないと思うけれど、でも、「どうせなら人生、最高なものとだけ出会いたい、時間に限りがあるのだから」という思いも私は知っているし、そっちもものすごく当たり前のことだし、だからぱっとみて好きじゃなさそうなものから距離を置くことは当たり前で、それなら私はどれもこれも自分の代表作になるような、自分らしい作風の、毛色の作品だけを作っていくべきなのかもしれない、そうすればぱっと見で判断されても、そうだね、どれもこんなのだし、合わないかもね、と思えるはず。でも、同じの作るなら最初に作っただけでいいじゃんと思ってしまうのだよなあ。作品は残るから、別に同じなら新しく作らなくても、あるし、と思ってしまう。ばらつきたいし、やっぱりばらつく、そうしてこれは好きじゃないと言った人が、あれは好きかもしれない、という可能性にまみれながら、色々諦めきれず、しかたがないからもっと書くしかなくなるのだった。もちろん、それでもはじめて見たその時の作品が「好きじゃない」となったその人は、もう永遠に私の作品に手を伸ばさないだろうけど。

自分が作る限り、作品は変わっていくことが私にとっては当たり前で、でもそれは読み手にとっては真逆のこと、なのだろう、同じ著者名なら作品も同じであることを期待する。あの頃の作品が好きだったのでまたああいうのを作ってください、というような話をされることは、たぶんものを作る人なら多々あることだと思うけれど、完全に同じものを作るとしたらそれは、私はゾンビではないか？　と思うのだ。でもだからって前と違うものをと躍起になるわけもなくて、ただ同じ方向を向いて歩いたら、見える景色が変わっていく。作るものも変わっていく。だから変わったねと言われると、いや書く動機や、書く時に指針にしているものや光は何にも変わらないですよと思うし、同じでいてくれと言われると、これ以上同じなんて、歩みを止めろというようなことではないか、と思うのだ。

作品は私が変わろうとそこにあり続けるのだから、それを見つけてくれることの幸福を感じる。あの頃の作品が好きだと言われることはうれしいし、その作品をずっと好きでいてくれたらいいなと思う。そうやっていつか、未来の私がまた、「あの頃の作品が好きだった」と言われてしまうようなものを、いま、作りたいと思う。

これを、孤独だとは別に思わない。

先日宇多田ヒカルの新曲「Time」をきいた。めっちゃよくて、めちゃよくてよくて、なんどもリピートしてしまった。声の良さと歌唱の良さと曲の良さが全部「宇多田ヒカル!!!」なのに、でも同時にすごく新しくて、アーティストの新作ってこういうことだよな、「知ってるのに新しい」んだよな……と痺れていた。新しくあり続けることは、作る人間にとって当たり前のことなのかもしれない、あえて新しくあろうとすると不自然にみえることがあるぐらい、生きて、作り続けていれば新しくなるのは自然だと思う。だから、なんら怖いことでない。もちろん、昔の方が好き、という人はどんなアーティストにも作家にもいるし、それは作った結果としてある出会いのようなものだから、それを悲しむことはない。誰にどう思われたいかは、作る側にはコントロールできるわけもないことで、この新しさはどこまでも、作る自分自身の問題。「作る喜び」そのものについての話なんだ。

いつも、違う風景を見たい、自分に驚かされる瞬間が好きだ。だから私はものを書くし、書き続けている。本当はそれは、「作品」には、「結果」には関係のないことであるのかもしれない。

それでも時々その新しさそのものが、作品の中で、その作品が生まれた瞬間を再生するように、スパークすることがあり、それはきっと見る側、聞く側の喜びへと変わっていく。こういう瞬間があればと思う。全てが全てそうなることは難しい、好きなものには愛着があり、それは懐かしさを呼び、変わらないことを願うから。でも、その中でのスパークは。アーティストと共に同じ時代を生きること、自分自身が生きて、受け取り続けることの喜びとつながる。私は変わらないでいることはできない、変わろうとすることもできない、でも私は私として、書き続けていたい。作品は、生まれる、完成する。完成し続ける。でも、書く時間には、書く人には、どこまでいっても完成がない。

小説を書くことについて

青空を見ていると、あああああああと心がずっと中くらいの声で叫んでいる気がする。喉がかれない程度に。苦しくならない程度に。ずっと。それは別に感情に関係する感覚ではないのだけれど、ひとと話すときゅうに、「ぼくのはなし」となってしまう。どちらかというとこの感覚は、ぼくというものと、空というものの間あたりにある感覚なのだけれど。肉体というものがあるかぎりは、肉体のなかにある「ぼく」というのは別にあって、それについて、人に話すことは難しい。その人にとっては、肉体も込みで、ぼくはぼくだからだ。なんにもわかってないな、と強く、毎回思う。

人は他者の無意識や、感情に対する不在を許さない。ぼくの気持ちではない、と表明することを許さない。そういうことを許すために物語があるのだとしたら、それは意味があるだろうと思うに至った。ぼくは久しぶりに小説を書いたんです。

詩を書いているぼくにとって、小説というのは不気味な存在です。それが最初からそうだったのかはわかりません。でも、ぼくが書く場合、基準として詩が存在し、日常的に書く言語があり、そこから「小説をする」ということが必要になる。ぼくはその意図的な感じが許せなかったし、できるかぎり、小説の形式を疑ってかかることにした。自分が自然と思う文体でのみ書こうと思ったのですね。で、なんかつまんなかったんですよね。

それは別に間違ってはいないんです。でも、足りないことではあります。小説を書くときの興奮が、やっぱり詩の延長線上にあるというのは、意味不明なことです。詩は言葉そのものではないですし、小説は詩ではなく言葉でできているものだから。ぼくはとにかく、小説を不自然なものととらえることを解決しなければならないと思った。

結局それは理屈ではないのですけれど、ぼくはぼくが昔ずっと読んでいた小説を読み直すことで、それからその作者と言葉について話すことで、解決、というか、解決とか考えるのやめよ、と思うことができました。ぼくにとって財産なのは、自分が考えている言葉のありかたというものを、ずっとぼそぼそその作者の前で話してしまったのですが、それが、たしかに通じていくということでした。ぼくは書く仕事をしていますが、言葉に対して方法論は持ちません。というか、ほとんどのひとは持たないのではないか？　言葉は生活と人生と歴史が積み上げるものなので、技能ではないのです。道具に対する「使い方」ではないのです。書く以上に話すし聞くし読むし聞かされます。そういうときの言葉に埋め尽くされて、ぼくは、というか、だれもが、そういう言葉に対峙するとき、ひとりぼっちです。この言葉をこうやって読むのは多分私しかいないだろう、と思ってしまう、確信するとき（そう思わせる作品こそが文学だと、ぼくは思っていますが）、自分を鏡で見ることより、なにかを明らかにしてくれますが、でも、孤独なことでもある。ぼくの場合はそれが、解釈などではなくて、言葉の出方、書いている人の脳の動きにシンクロするような手応えでした。ぼくは書くつもりでその本を読みます。そこになにか重なりが見えると、たまらない気持ちになるのです。職業病と言うよりは、これは十代からずっとそうなので、ぼくがもっている言語感覚の癖であると思います。そして、だから、「そうですね」と、ぼくがみていたものについて返事をもらえたら、それは幸福なことではないですか？

すべてが霧散するというか、小説ではなく言葉しかない、と思った。そうして、言葉というのは、詩が基本でも小説が基本でももちろんなくて、どこまでもゆきわたっていくことだわあ、と急に思ってしまったのですね。理屈としてはもちろんずっとわかっていたんですけれど、理屈ってあまり意味がなくて、そう思ってしまうというきっかけ、頭の蓋が開く感じ。そうですかあ、と思いながら小説を書いていました。これが、うまくいくかは別として、ぼくはやっと小説を書くということに対して、曖昧なまんまでいられるようになったのです。

小説はよくわからないものです。不自然なものでも不気味なものでも、自然でも気持ちの良いものでもなく、それそのものはよくわからないものです。というか、わからなくていいのです。ぼくはぼくの書き方でしか小説を書けず、それはぼくの詩でもぼくのエッセイでもなくて、ぼくの小説として現れるはずなのです。すっごく当たり前でしょう？　でも考えて考えて、きゅうにここに行き着いたことをちょっと今は誇りに思っています。

恥ずかしいからやめなさい

恥ずかしいからやめなさい、と教えられることが小さなころよくあって、わたしは「恥ずかしい」という概念がとにかくこの世の中には固定してあって、それに自分は従わなければならない、と思い込んでいた。しかし大人になってみると、これはただの主観であって、恥ずかしいかどうかも人によって違うし、万人に共通の定義があるわけでもないとわかる。自分がそれを恥ずかしいと思うならば、勝手にやめておけばいいし、恥ずかしくないなら勝手にやればいい。でもそんな主観を押し付けるように、「恥ずかしいからやめろ」というのは奇妙な話だ。恥ってなんだ、わたしが恥ずかしくないからわたしはそれをしているのだし、それを「恥ずかしいからやめろ」っていうときのその、主語ってなんだ。あなたですか、恥ずかしいのはあなた？　あなたがわたしの行為を恥じてどうするの、もっと楽しく、勝手に生きて！

何が美しいか、何が恥ずかしいか、というのはその人自身が自らの意思で決めていくことだろう。反射的に「あっ、きれい」と思うこと、「うわ、いや」と思うこと、それがこれらの全てであるはずだし。だから、他人がそれになんと言おうが、貫くことができる、その権利を誰もが持っている。そして同時に、他者にとって、この価値観は無意味だ。無意味でも貫くからそこに、その人自身が現れる。他者にとっても価値のある「美とは」「恥とは」なんて、気持ち悪いだけじゃないのか。ただじっと、自分だけのものとして守り続ける、それだけでしかない、一瞬の、反射神経みたいな自分の感性を、信じ抜くならそれぐらいしか、方法がない。

最近、自分が自分であることを確認するすべはほとんど実はないのではないかと思います。

他人の目をみることは多くあります、コンビニのレジとかでも、一瞬目が合う（ことごとく合わないひともいるが）。けれどわたしはわたしの目を、本当にほとんど見ないな、と思う。目が、「人間」そのものを感じさせる気がしていて、「ああこのひとにも、家があって、部屋があって、机があって、そこに置きっ放しのノートがあったりなかったり、リモコンがあったりなかったり、するんだろうなあ」なんてことを顔を向き合わせた時などにおもうけれど、わたしには、そんなことを感じない。わたしの目を見ないから。人間としての自分の存在、生活の匂い、人生の蓄積、わたしのそういうものすべてに、わたしはきっと一番鈍感だ。わたしはわたしを操縦するというその一点のみで、まるで自分をよく知っているつもりでいる。けれど、一番大事なことを知ることはできていないのではないか。だから、心が動かされた瞬間、「美」とか「恥」とかそういう、他人が納得できなくても、理由が説明できなくても、電気のように反射的に脳裏に走った感想を、盲信して、守り通すことは間違っていないように思う。わたしは、わたしの目を見る代わりに、わたしの主観を貫くのではないか。他人の目に反射する光を、忘れられないみたいに。

あとでどうしてこれをきれいと思ったのか、説明がつかなくても、なかったことにはしたくない。理由はわかんないけど、でもきれいとおもった、という、そのまんまで、内臓1個つくるみたいに、わたしの頭に残しておきたい。レコード作るみたいに自分の感じたことすべてを頭に刻み込めたらいいのにとよく思う。

けれど他人に「それは間違っているから」と言われるより「それはみっともない」とか「恥ずかしいからやめて」とか言われる方がつらいし効く、というのも感覚としてわかる気がするのです。それはたぶん嫌われたくないからで、間違ったことをしたって、それを指摘されたって、いつか許される予感があるし、友達や知人という立場のままで言われている気がするのだけれど、「きったない」とか「下品だな」とか「恥ずかしいな」

とか言われた際は、もはや許されない、最終通告のように「もう無理」「生理的に無理」と言われている感じがします。これが本当に恐ろしく、だからわたしは幼少期「恥ずかしいからやめなさい」という言葉に必死で従っていたのだろう。他人と価値観が異なっているのは怖い。だって知らぬ間に、よくわからん理由で嫌われたり、絶交されたりするのだ。理不尽だと思う、思うけど、「理不尽だと思う」ではそれは覆せない。人は主観の塊で、なんならその人が「自分」という人間を守りぬくためにかろうじて握りしめているのもその主観であって、理不尽なのだ、なんでも、好きでも嫌いでも、説明ができないことで、反発したくなってしまうのだ、それをわたしは否定できるのかな、そんな権利があるのかな、あの言葉はその臨界点として、存在しているのかもしれない。

この言葉で他人をコントロールできると思うことへの反発はあるけれど、同時にこれを伝える人もまた「嫌われたくない」の中に在るのかもしれない、なんてことを考える。その人が恥ずかしいと言ったのは、わたしの行動であり、それを恥ずかしいと思わないわたしの主観に対してで、わたしに飲まれないための言葉だったのかもしれない。相容れなさから反射的に逃れたくて、叫んだ言葉であるのかもしれない。

コントロールしているのは、その人に嫌われたくないわたし、かもしれない。その言葉そのものを無力化することも、わたしにはできるのではないかと思う。

他人の目に自分が映ること自体、その人にとっては暴力的であることもあるだろう。わからないふりをしているけれど、本当は自分の存在が多くの人にとってはノイズで、邪魔なものなのだと感じる。ネガティブな発想ではなく、言葉を書くこともそうだし、街にいることもそうだし、そしてそれをみんな気にしないふりをしていて、相容れなさをある程度は諦めて共存しているのだと思う。他者を尊重したいと思いながら、そのことの限界を感じる、それを自分が何一つ抵抗を感じずにできるのだろうかと考える。嫌われたくないし、嫌われたくないからその人の言葉に力を見出してしまうし。その人に、その人が望んでいない力を与えてしまう。あなたがそう思うということを、あなたがそう思った、ということ以上でも以下でもないまま受け取ることは難しい。人間関係は難しい。あなたの言葉をそのままで受け止められるほどにわたしは、強くないのだろうと思います、それでも、無力化することが求められ続けると思います（もちろんコントロールするつもりでそうした言葉を発する人は論外です）、対等や尊重がただその人の言葉を愛するというだけではないことを知るとき、わたしは逃げ出したくなりますが、それでも逃げても逃げた先にも人はいる、言葉はある、わたしも言葉を書き、人である。「最低な人間」をやっつけるためではなく、こういうことのために、わたしは、強くなりたいと思います。

こちら大透明

雨が降り出す最初の音を聞いてしまった。窓の向こう側で何かが一変したような感覚になる。秋が来たのかどうかもまだはっきりとはわからなくて、夏みたいな気温に汗ばかりかいている。

部屋にいるかぎり、季節も天気も関係がないじゃないか、そう思いながらも、ぶあつい窓にカーテンをつけて、ただひたすら天井とテレビばかり見ていると、テレビに映るものも、ネットから見られるものも、とてつもない過去の映像や情報な気がして、現在を生きているのは私だけなのではと不安になる。それから、同じようにこんな気持ちになっている人がいるのだとしたら、「私は生きているよ！」と伝えたいな、なんてはじけそうなぐらいの自尊心を肌の内側にびりびり感じる。孤独というものを傷のようにとらえて、そして互いに舐め合うような価値観は好きではないし、孤独という言葉に甘えればすべては楽になるだろうよとどこかで苛立ってもいるのだけれど、こうやって「置き去りにされたような」「置き去りにしたような」不安を、会話や作品で、互いに埋め合うことができるとしたらそれはとてもドライでいて、自然でまっすぐで、落ち着く、と思う。さみしさよりももっと軽くて、なんとなくでしかないこの感情を、名前なんてつけずに永遠に抱えていたい。

／

誰かの「黒歴史」になりたいと思っていたことがあって、というか今だって思っていて、青春の一部になるようなものが書きたいし、大人になったらいい思い出なんて能天気なことは言わないで、ひたすら恥じてほしいし読んでいたこと自体、隠してほしいと思う。都合のいいことはなんだって忘れるのが青春で、私はある一定の時期まで当時好きだった音楽を人に言えなくなっていたし、それを乗り越えたらなんだかもう、終わっちゃったな、という気がした。青春が終わった。あの十七歳の私は死んだ！　音楽なんてすべてを救うことはできないんだ、なんて言葉にしてしまえばまだかっこいいけれど、要するに、音楽では手に負えないレベルの重さが人生に乗っかってしまったのだ。つまらん。音楽に夢中だったのもいい思い出、なんてのたまう自分のみっともなさが本当に辛いし、この辛い、ということ自体忘れてしまったらもう最低最悪の終わりが来ると知っている。ずっと、隠したいと思っていたはずだ。そして私はそういった自意識のど真ん中を射抜いていたい。黒歴史になりたいとかいう言葉は素直ではなくて、要するに青春でありたいんだ。絶対いつか死んで絶対いつか恥になる青春になりたいんだ。私は、読み手の青春を終わらすことはできないから、読み手が青春から私を捨てるのを眺め続ける。それがしたい。

　一人でものを作っていると、とにかく死ぬまで書くんだろうな、というのは当たり前のように思うから、「書く」という行為が青春だったことなどたぶん一度もない。部活動できらきらとなにか一つの目標を持って書く、なんてかんじでもないし、そもそも仲間との別れもない。どこまでいったって「書く」という行為はそのままで、私が、喪失を感じるタイミングがないんだ。だから永遠に読み手が書き手を忘れていく、その一方通行が繰り返され、それならばできるかぎり、顔を歪めて離れていってほしいと思う。こんな書き方をするとなんだか卑屈、もしくはロマンチック（これをロマンチックと思うのは特殊かもしれない）だけれど、でも、忘れられるよりは逃げ出されたいと思う。それぐらい強いものでありたかった。実家の本棚に隠されてしまったり、本屋さんで私の名前をひさしぶりに見つけて、「うっ！」とか言ってほしかった。それぐらいのものが書きたい。永遠に読んでいてほしいとも思うけれど、それよりも、人生のある一瞬を焼き付けるようなそんな刹那、力強さを持ちたかった。黒歴史になるって、人の心臓に向けてものを作っている人間からしたら最大の賛辞だ。他人の本棚に捨てるにも捨てられない、といった感じで隅っこに置かれている本を見るのが好き。その人の一部分を確実に作っているその本には、言葉を飛び越えた刃がきちんと眠っている。

20200401

マスク2枚にだいぶへこんでしまって、いつの間にか寝てしまっていた。感染してしまった人、その人たちを大切に思っている人が今抱えている孤独について考えている。わたしがその人たちの気持ちをわかることなどできなくて、ただ思い出すのは、自分が被災した時に見ていたもの。阪神淡路の被災地からなんとか避難した大阪で普通に人が生活をしているようにみえたこと。本当はそこにも日常なんてなかったはずなのに、みんな不安だったはずなのに、わたしにはスーツを着ている人がいること、電車が動いていること、それだけでわたしは日常が続いていると感じてしまった。世界がぶっ壊れたわけではなくて、わたしたちだけが世界から切り離されたのだと思った。今回のことがそれと同じだとは思わない、わたしはまだ感染していなくて、だから何一つわかってない側なのだと痛感する。そしてそれは感染者だけでなくて、今感染の不安に怯えている人も、仕事がなくなる危険に晒されている人も、介護や子育てといった日常のバランスが崩れてしまった人も、心の支えを失ってしまった人も、積み重ねたものが台無しになってしまった人も、みんながそれぞれ違う息苦しさを抱えて、そのことが本当の意味ではだれにも共有されていないことを、実感するしかなくなっている。テレビや新聞のニュースは、大きな枠な話をする場所なので、余計にその実感は加速するし、そういうものから一度離れることも大切だと思う。本当は、そういう個人の痛みを話す場所がインターネットにあれば、とも思うけど、大きな枠における苦しみだってやっぱりたくさんあって、それこそ、マスク2枚のニュースに対する落胆とか失望とか。SNSもまた大きな枠の話が増えていくものだし、それもまた必要なことではあるから、難しいなと思う。自分が困ること、自分が悲しいことを、でも、話してはいけないわけではないから。他の人と比べたらこんなの全然、と思っても、それが「なくなる」わけではないから。あなたはあなたのために、書いていてほしいと思う。

阪神の震災のとき私は震源地すぐ近くにいて、周りの家も潰れ、電車も止まり、余震が繰り返す中でじっとしていた。けれど翌日大阪に避難のため出てきたとき、そこでは電車も動いていて、働いている人がいて、私はなんだか自分たちだけが切り離されてしまったように感じた。世界中が壊れたわけではないのだ、ということがとても恐ろしいことと感じた。そのときのことが何年もずっと残っていて、10代の頃はどうしても阪神淡路を機に日本全体が変わった、というような話がわからないでいた。大人になってから、被災者でない人が私を「当時の被災者」としてあつかい、「被災者」としての言葉を求めてくることに疑問があった。被災者か、被災者でないかと言った境界線は私の中になかった。被災した人の中にしか震災はない、というようなぬぐいきれない実感があったし、だからこそ被災者という言葉でひとくくりにできることなど何もなかった。私は、私が見たものしか知らないし、被災した者同士で被災のことを話すことなどとてもできなかったのだ。

3・11で、けれど私は、被災地の外にいる人にも震災というものがあるのだと知った。見え方も感じ方もちがうけれど、外からにしか見えない震災があった、決して「被災しなかった人」がひとかたまりであるわけもなく、それぞれが違うその日を抱えていた、彼らもまた、本当の意味でその瞬間の不安やパニックを誰かと共有することはできない、と知る。だからこそ私に「被災者」としての言葉を求めるしかできなかったのか。

自分や、家族や友人がコロナに感染してしまった人は、「感染者」としてそこにいるわけではないと思う。それまでは同じ日常の中にいて、それなのに今はその姿をすこしも捉えることができない、それなのに「感染者」としてならその人たちへ共感や思いをなげかけられる気がしている。

けれど感染していない人間が一括りでないことは痛いほど肌で感じている。感染することへの危機感やリスクが、あまりにもみんな違っていて、他者とすり合わせられない、それによって不安や心配や苛立ちが加速して、情報の密度だけ、軋む音がしている。けれど、それは、そのすり合わせられなさは、本当は感染してしまった人との間にこそより強くあって、心配をしても、不安になっても彼らの気持ちがわかるわけがない。この孤独感や焦りや恐怖を、自分より辛い人たちへの共感でなだめるわけにはいかないと思う。

などと、私はここに書きながら、本当は、感染してしまった人のことを考えている。こんなにも誰もが考え、話し続ける「コロナ」に、実際に感染してしまったその人は、その中で日常を取り戻そうとしている人は、たぶんとても孤独なのだ。私は、何もかもが倒壊した神戸から大阪に出てきたときのことを思い出す。みんな心配しているはずで、日常なんてそこになかったはずで、でも、なんだか誰にも気づかれていないような気がしていた。テレビで震災のことを連日報道していても、新聞記事を見ても、自分がその被災者だとは思えなかった、自分の知っている「被災」はそこにはなかった。感染者の数について報道され、感染しないための情報がながれるなかで、感染者に向けられた情報はどれほどあるのだろうと思う。症状が軽く、病院にも空きがなく、自宅療養をすることとなった感染者はきっといろんな情報を見ることになる。そのときに、彼らは何を思うんだろう。わかることはできないけれど、そのことを、どうしても考えてしまう。

（20200408）

空が青いですね

正直、人の才能に惚れ込むとか、人の努力に胸打たれるとか、そういうことをしたことがなかったし、好きな作品を作る作家や漫画家も、その作品が好きなのであってその次の作品が好きなのかはわからないし、さして好みでなかったとしても幻滅だとかはありえず、いつまでも「あの素晴らしい作品を作った人」として新作を追える。物を作ったり、自らを研ぎ澄ましていく業種において、その人自身のファンになる、というのはとても難しいことに思うし、「その人のことを好き」とはなんなのだろうと思う。でも舞台に立つ人とかは、役をやっていてもやはりその人としてそこにいるので、やっぱりその部分がかなり曖昧で、自分が何を見ているのかたまに、というか、よくわからなくなっている。

その人の全てが好きだと思っても、それは実は間違いで、いつまでもその人を、最初に好きになった一瞬のなにか、表情や声や歌や手元が好きで、それを追い続けている。それだけだと言い切りたい。私は宝塚がここ一年でとても好きになって、多く見るようになったけれど、そこに在籍する数人のファンになって、様々な点を知って「どこもかしこも素晴らしいな、応援したいな」と思うたびに、なんだか不思議な感じもして、どこもかしこもなんて言葉よりも、あの瞬間のあの目が、あの歌が、忘れられない、でいい、と思ってしまう。好きになった瞬間の、あの一瞬はどこまでも自分にとって鮮やかで、人間を好きになるって、そっちじゃないのか、と思うのだ。何もかもが素晴らしいかどうかは私には、永遠にわからないはず。

好きと思った瞬間は必ず去っていくのであり、何もかもが永遠ではなく、演目はいつか千秋楽を迎えるし、初見だった私はもうどこにもいない。好きであるという気持ちが生まれたからこそ、見るものがより鮮やかに感じられる、演者を追うことが楽しみになる、というのは当然あるけれど、それが好きになった瞬間の自分を超えるかというと、「比べようのないもの」と答えるしかない。どんどん愛は深まっていきます、みたいなことを言えるなら私だって言いたいのだが、そうじゃなくて、というか、それが正義なのではなくて、全てがあの瞬間に完成し、その余韻の中でこれから私は幸福なのだと言い切るのも、良いことじゃないかと思う。月がもう一個できそうなぐらいの、巨大な隕石との衝突だった。好きなんてものは、日常や永遠に転じるわけがないから尊いんだ。しかしかといって、その一瞬が超えられない未来が待つわけではなくて、豊かなのはどうやってもその後の自分であるはずだ。好きは人生を耕すきっかけであって、そこから喜怒哀楽が無数に実り、苦痛も喜びもどれもが自分には捨てられないものになる。そして、舞台作品においては、その瞬間が上演期間中は繰り返されているというのが本当に奇跡のようなことで、人間は普通、見間違いかもしれない一瞬や一言で心をからめ取られていくのに、その瞬間を舞台では何度もたどり、確かめ続けられるなんて狂気的なことだ。私は狂気の中にいる、と同じ舞台を何度か見ているときとか（聞き流してください）、思うが、それより好きを永遠のものにしようとしたり、日常に組み込もうとする方が狂気的だったんじゃないか、なんてことを思う。人は「好き」を重心においていろんな感情を抱くが、その感情も「好き」の一部だと思っていたらきっと、「好き」に装飾が増え、あの全てのカードがひっくり返されたような衝撃から離れていく気がしていた。私は最初に見た舞台の映像に触れ直すのが、思い出していくのが一番好きです。その舞台が一番出来としていいとか、そういうのではなくて、自分の感情に関係のないところで、記憶された「好き」という感覚がそっと単体で、掬い取れるから。

先日とてもすばらしい歌*を聴いて、私は声にも歌にも無頓着な方というか、あまり感性が耳には住んでいないので、こんなふうになったこと今まで一度もなかったのだけど、どうしようもなくその声が好きで、この一瞬だけのために今日はあった、とさえ思った。その瞬間、その演者さんを好きになって、その「好き」は最初から最高値で最新で永遠に続くものだった。それ以上別に何かを知る必要なんてない気もしたし、でも私はこの人が退団するまで追いかけ続けるんだろうな、と思った。

そして。歌が上手いとか、才能がある、とかそういう言葉で語ることは絶対にできない、とも思ったのだ。

私にはなんでそんなふうに歌えるのかが全然わからない、と思うときの途方に暮れる感覚が重要だった。人はどうして「才能」なんて言葉を使うのだろう、と思う。才能という独立したものはないし、便宜上才能と呼ぶしかないものもあるが、けれど人は人としてそこにいるだけで既に極めて謎の、他者からすれば得体の知れない存在で、その内面から鳴る歌の大きさを、中のわからなさを「才能」と呼ぶことで、決着をつけられたと錯覚する。私は、才能なんてこの世にないと思うほうが美しく見えるもの、美しく聞こえるもの、当たり前のように増えると思います。実際には才能もどこかにあるかもしれず、しかしそれが孤立して人から逸れてあるわけではないし、そこに対する物語性が苦手なのでしょう。人間は他者と向かい合うとき、相手も人である、ということに戸惑って、それなのに「同じ」ではないことに混乱をする。そうしてだから「好き」になるのだと思うのですが、近づく話に「好き」が転化していくのは不思議ですね。遠いからこそ「好き」なのに。

そんなことを思いながら先日、別の場所でこんなことを書いた。

「才能云々の話が好きだったのは17歳ぐらいまででそれからはこういう類の話には「うるせえな空は才能で青いのかよ」と思うようになった。」

空が青いですねも「好きです」という意味だと、ぼくは思います。

＊宝塚星組公演「ロミオとジュリエット」B日程の綺城ひか理さん

詩は土属性

詩的な言葉と、詩そのものって、全く違うと思う。と、いうことがうまくいつも伝えられない。多分これは個人的な思い込みの類で、言葉にしようとするとその執着がニュートラルなものに変わってしまうからだと思う。けれど書いてみる。もはやこれは私の脳内にある独り言に過ぎない。

もしかして詩的な言葉って、俳句における季語みたいなものかなと思うこともある。季語は俳句にとって必須のものだし、そうして俳句を鑑賞する側からすると、全く別の人間が作った言葉を、自らの見ている世界や、感情につなげていくそのフックになるものだと思っている。作者はどこかから世界を見ていて、季節を感じていて、そうして句が生まれたわけだ。たぶん、季語はそのときに作者がのぞいていた窓のようなものなのだと思います。私もそこから世界をのぞいて、そうして俳句に触れてみる。とても短い言葉であるけれど、すべてがわかるわけではないけれど、でも、何かがくっきりと残る。作ったその人に、私がなったように。もしくは、私が作ったかのように。

季節はそういう意味ではとても便利なもので、ほとんどのひとの頭上に流れているものであるし、そうしてつねに変わりゆくものでもある。だからこそどこかでみんな意識をしている。私たちは全く別の人間だけど、全く別の世界に生きているけれど、でも、「暑くなってきたな」とか「もう秋か」とか、みんなどこかでうっすら思っているって、ふしぎだよね。そういううっすら繋がっている部分から、そっと入り込んでいくのが俳句であり、季語のもたらす力、なのかもしれない。

そうして詩的な言葉もまたそうなのかな、これは季節そのものではなくて、人がそれぞれ感じている「うっすら悲しい気持ち」みたいなものを通じてやってくる。「いとあはれ」とかに近いのかな。みんな、それぞれ生きていて、夕焼けを見たらなんだか泣けてきたとか、海が綺麗で三日ぐらい忘れられなかったとか、そういうの、あるみたいだ、それはそれぞれが見つけた「詩性」であって、だからこそドラマの悲しいシーンには夕焼けが使われたりして、人それぞれが過去に見つけた「詩性」に訴えかけたりするんだろう。あれは、ドラマで映る夕焼けが綺麗だから泣けてくるんじゃなくて、過去の自分の記憶のなかの夕焼けと共鳴するから泣けるんです。

「詩性」は、季節ほど誰もが同時に見つけるものではないけれど、でも、そのぶん記憶に深く残っていく。「夕焼け」「海」「光」「くれよん」とか、そういう言葉がそれらを一気に刺激する。もちろん人によって好みも違うし、「ファミチキ」「コインランドリー」「こだま自由席」

とかのほうが「来る」っていう人も結構いると思う。そこはばらついているものだし、私はどっちも好きですけれど、とにかく、その辺の言葉を使っていたらちょっと満足してしまいそうになるのが怖いっていう話なんですよ。

この辺並べてたらちょっと詩っぽくなるんやけど、それは「詩的な言葉」の羅列でしかないのや。読んだ人の記憶の再生装置としてしか機能しないのや。その人が見たかなしい夕焼け、その人が見た美しい海。詩というのは、その人が気づいていなかったものや、知らなかった感情を、そのなかにさしこんで、すべてを変えてしまうような、正直「怖い」ものだと思う。記憶を再生している間は、とてもここちよく、そうしてああ私、それ、わかるなあ、と思える。その体験はとても楽で安心できるものなんだけれど、私は詩を読んだ時の「わかんないのに、なんか、なんかぐっときてしまう、怖い！」みたいな体験の方が好きなので、やっぱり書く側として、そっちを目指したいんだなあ、きみの、脳そのものを貸してくれ。親切で丁寧で、ただ気持ち良い言葉の羅列なんて、ごめんですよ。そんな優しさ、私に無いよ。

赤裸々をお届けします

私は、日常から言葉を紡ぐということをあまりしない。しないのに、していないからこそ、もっと経験したことを赤裸々に書いてみてはどうでしょうか、きっとよいものになります、というような期待のされ方をすることがあり、そのたびに申し訳ない気持ちになる。赤裸々とは一体なんだろうか。正直になってごらんよとまるでなにかの解決策みたいに言われると、正直になった人がどれぐらい、自分を傷つける可能性があるのかこの人はちゃんと考えて言っているのかな、ととても心配になる。なにより、裸になった方が誰もがおもしろいなんて幻想にしか思えない。裸になっておもしろい人は裸だからおもしろいのではなく、裸なのにおもしろいから特別なんですよ、誰でもそうなれるなら、人間は最初から服なんて着ずに生きているはずだ。ずっと私はそう信じて生きている。

本音を語ればおもしろくて刺激的だなんていうのは、おもしろい本音を聞きすぎているからで、素になったほうがつまらない人なんてたくさんいる。正直、私の生活など本当に平凡で、おもしろいわけもないし、おもしろいわけがないからこういう文章を書いているのです。実体験とか赤裸々とかいうものに期待しすぎではないですか、と、だからこそどうしても言いたくなり、そうしたものが唯一の最強コンテンツだっていうのなら、書を捨てよ街へ出よう、ではないかと、つい言ってしまう。書を読む意味がなくない？　街に出ればよくない？　波乱万丈そうな人にバーで話しかければよくない？　そうした類のコンテンツが悪いとは思わないし、おもしろいもの素晴らしいものもたくさんあると思うんだけど、だからといって全ての人が赤裸々になればいいというものでもない。

もちろん人間は人間であることから、現実であることから逃れられないとはわかっているけれど、それでもそれだけでいいんだろうかって思ってしまうな。言ってしまえば、赤裸々な作品は赤裸々だからおもしろいわけではないと思うのです、言葉と事実に対しどんな距離を保って書くか、が人によって違っていて、その人の書く言葉によって違っていて、それが適切であればあるほど作品は良いものになるのだろう。誰だって赤裸々に書けばよりおもしろくなるなんていうのは幻想だし、赤裸々で素晴らしい作品を侮っている。

　自分の失敗や他者への怒り、恥ずかしいとされがちなことをそのまま書き連ねることがうまくいく人もいる。奇妙な経験をたくさん積んでいる人もいる。もちろんその事実がおもしろければ、それを書くだけである程度その文章はおもしろくなるだろう、けれど、その時点ではまだ「文章じゃなくてもいいよね」というおもしろさにしかならない。言葉にする、という行為はそれだけでもうわざとらしくて、本当は赤裸々にはならないのだ。「これを他人に読んでもらおう」「見てもらおう」という意思が現れる時点で、「事実のおもしろさ」とは別のものが現れる。それがむしろ事実をより深くおもしろくするものでなければ、こういうエッセイは完成しないし、それはむしろその人の技術や客観や世界の捉え方によって決まるように思う。赤裸々であれば良いというわけがなく、赤裸々はむしろ、その事実を言葉にする瞬間、障害となるのだ。赤裸々な作品を書く人がただ赤裸々でいると思うのは、あまりにもこれらの作品を軽視していると思えてならない。

たとえば、人を殺してみたいと思っている中学生がいて、その子が赤裸々にその気持ちを原稿用紙に書いたところで、「書いた」途端にそれは「正直な告白」ではなく、何か「見せつける」もの、自意識の表れのような言葉となってしまう。ただその子も気づいていない部分、殺してみたいなんていうが、ほんとうに殺すことなんてできないし、そのことが何よりのコンプレックスで、自分への嫌悪を他者への敵対意識に変換している、としたら、それをそのまま書けばよいのだろうか？　それも、本当は違う。それを見せる時点で「無意識」ではなくなる。本人がそれを自覚した時点で、それは「赤裸々」なんかではない。無意識にそう思う、という「無意識」こそが実はこの子の一番深いところにあるもので、それを書くというなら、無意識のままで書かなくちゃいけない。つまり、エッセイではなく、物語のほうがいいぐらいなんだ。

そしてこの物語的な部分を、エッセイのままで書ける人がいる。それは、赤裸々な事実なのだけれど、でも赤裸々な「告白」として本人は一切書いていない、類のものであり、でも読む人はそれこそが「赤裸々でいい」と感じる。裸を見せつけられているのではなく、裸を覗き見ているような感覚になる。これは本当に技術と、ストーリーテラーとしての才能が迸った作品であって、こういう人の作品を参考にして、「赤裸々に書くと良くなる」とかいうのはマジでやめてほしいのだ。もちろん、本人が意図的に物語として書いていることは滅多にないはずで、むしろ、どう書くか、というところより、自分に起きること、自分が考えることを、どの距離で捉えているのか、が重要なのだろう。生々しいままでひたすらに遠くから見つめることができる人、コンパクトな出来事を俯瞰しながら望遠鏡で観察し続けられる人。だから、事実が事実のままで作品にまで研ぎ澄まされていくのだと思う。「赤裸々に書く」だけでこうなったわけではない、むしろその逆の容赦のなさがあるからこそ、その人はエッセイを選び、事実を書くことを貫いている。そのことにまず気づいてくれ。と、赤裸々に書きましょうと言われた時、いつも私は思っている。

赤裸々とは、他者になかなか話せないようなこと、人間関係の泥沼や、みっともなさについてぶっちゃけるようなことではなくて、その人が一番、容赦なく、それでいて、自分の価値観や感情や反射に対し、どこまでもぶれず、他者の評価とか、批判とか、想像する暇もないほど堂々と書くことができる瞬間に、現れるのではないかと思う。その対象が、家族のことだったり、人間関係のことだったりする人もいれば、詩の書き方だったり、こんなエッセイの書き方みたいな話である人もいるだろう（私だ）。どんなに書こうとするものが自分の手垢まみれ、主観まみれのものであっても、それを中途半端に洗い流すことはせずに、それでいてそのまま間近で生々しく書くのでもなく、距離をとって、世界そのものを俯瞰するような瞬間を捉える、エッセイってそもそもそういうことじゃないか。神の視点を持つというわけではなくて、上空10万キロメートルに自分と3つ目の眼を持つようなこと。世界を俯瞰しても、その世界の中心に自分が確実にいるというような、そんな感覚だ。

私は、人付き合いが好きではないし、思っていることを人に伝えてそれがどうなるんだとどこかで思っている。もうこれは本当に良くないことなんだろうなと思うが、でも、「で？」と思ってしまう、人間関係に対して期待が薄く、興味がない。むしろどうして自分がこんなに興味がないんだろうということについて考えてしまうし、人間関係が好きではないしそれを是とする世界が気持ち悪いということは、どうしても堂々と書いてしまう、冷たいとか言われると「それはあなたが信仰するものであり私は関係がないので押し付けないでいただきたいです」と思う。そういう時の自分が正しいとは思わないし、それでしんどいことになるのも知っているし、でも「うるせえな」と思う時の自分を打ち消す気にならない。

こんな話を書くのはエッセイだな、詩じゃないな、と私は思ってきたし、それはきっとこの前述した距離と関係がある。私にとって容赦なく、それでいて自分を貫くことができるテーマは、こういう思考回路の部分に対してなのだ。赤裸々に書いてほしいと言われても、私にはこれ以上無理だと思った。あなたのいう赤裸々な私生活の暴露とかより、こっちのほうが、私にとっては赤裸々なのだ。え、だって、私生活だよ……？　私生活って何？　「で？」じゃない？　私は、「で？」って思いながら生活してるよ。詩の書き方のほうが、ここに書いたエッセイの書き方のほうが、「で？」って感じているっていうことの方が、私にとっては赤裸々で、裸だ、深いところにあるものだ。などと思ってしまうから、私はそれを信じ続ける。

氷河期から浮かぶ言葉は、

花火は、見るたびにこんなにも大げさなものだったっけと思う。

そうして、人類が例えば地球を捨てるとして、火星に全員で移住するとして、その前夜はすべての空で花火が打ち上げられるだろうと思った。前向きな気持ちで、世界の終わりを迎えたような、そうした明るい「未来のなさ」が花火にはあり、どうしよう、明日朝起きて私だけが取り残されていたら、と花火大会の時はよく思う。

花火大会は会場で見るのもいいけれど、何にも知らないのに偶然町を歩いていて、ビルとビルの隙間からぱっと光の束が裂けるのを見るのも好きだ。会場ではあんなに大きくて絶対的に見える花火も、少し離れるだけでビルに隠れる。角度を変えるだけで見えなくなり、それまで世界そのものだった花火が、町の一部程度の規模に見える。そうすると世界は終わりそうにないと思うし、急に花火を見ている人たちが気になってくる。ちょうど花火がよく見える通りまででてくる親子連れや、買い物帰りに足を止める人。近くのレストランの窓から身を乗り出しているサラリーマン。世界は終わらないように思うし、夏もまだ続くように思う。ちいさなケーキをみんなでわけあって、だれもまだまだ満腹にならないように、何もかもが永遠に終わらない気がして、そうしてなかなか立ち去れない。遠くに見える花火は、少し色を変えたぐらいじゃ「変わった！」とは思えず、飽きるのは会場で見る時よりずっと早いのに、その場でじっと花火を見ている人たちの集団から離れ難いと思ってしまう。

それでも、離れたほうがいいですよ。

生きてきたから最近はそう思います。離れて、家に一人で帰るといい。花火が終わり、みんなが解散するそのタイミングよりも先に、一人で静寂の中に戻っていくのがいい。お祭りは、半分ぐらいその帰り道が楽しみだ。最近詩を書いていて、「お祭りの提灯は、ずっと昔の夏から、出張してやってきた赤い光のようで、その中にいると私の生まれる前の町に来たようで、ほっとします。」という一文をふとした拍子に書いたのだけれど、そうなんだよ、お祭りはいつも、どこか過去で、そしてその帰り道は現実と、そして現在へと戻るための道のように思う。花火の打ち上げられる音が町のコンクリートとアスファルトにじんじんと響いていくのをききながら、暗闇のなかにうかびあがる半袖の自分の腕を見る。夏の匂いにはもう慣れて、気温も夕暮れ時はぐっと下がって、それでも瞳の中にしゅわしゅわと炭酸の泡のように浮かんでいく夏の粒子が見える。毎年こんな時間が夏にはあり、だからこそ、もうすぐ夏も終わりだ、とそのときに強く思う。そうしてやっと、「ここは夏だったんだな」と実感もするんだ。

そんなこんなで夏が終わり、夏の終わりが痛くもなんともなくなった分、冬の終わりが痛くて仕方がなくなった私は、それなりに人生に慣れたのだなあと思う。もう一度出来ることなら、何もかもが未知だった子供の頃に戻って、近所の公園で感動がしたい。

／

私は死んでも、私が書いたものは、残り続けるから。

という言葉があり、まるで絶版のない世界のようで夢があるなあ。たしかに言葉は未来に残っていくことができるはずなんだけど、しかしどうしても、「だから百年後の人が読んでも通じるものを」という気持ちにはなれない。残るからなんだ、残るのは世界の勝手だろ、と思う。というか、私に配慮することなどできるわけがないんだ。未来の人が読むということを想定して言葉を書いても、未来にこの言葉を読むのはそもそも地球人ですらないかもしれない。清少納言もまさか「いとをかし」が将来使われなくなるなんて思ってなかったと思うんですよね。というか一千年後も読まれているなんて考えてなかったと思うのだけれどどうなのだろう。いや、むしろ考えたのかな、それを期待はしていなかっただろうけれど、昨日書いた言葉が今日も手元に残っているのはそれだけで本当はとても不思議なことだ。それが永遠に続いていくということは感じ取っていたかもしれない。私は、自分の言葉が残る自信があるわけではないけど（というか一瞬で消え去れと思ってこそ書けるのだと信じているけど）、しかし残るということをありえないと打ち消す方が不自然だなあとは思う。書いた言葉は命みたいに必ず死ぬわけじゃないし。絶版したとしても、印刷された本がどこかでうまいこと残るかもしれないし。百年後に勝手に燃えて消えるとかいう設定があればいいんですけれど。ラブレターとかそういう設定付きの便箋に書くべきだ、五年後に燃えて消える、とか。

フリクションの擦って消えるペンみたいに、じわじわ書いたはしから消えていけばいいのだと思う。あれは要するに熱すると消えるインクが使われているのだし、フリクションのような高熱で消える設定ではなく、平均気温あたりでじわじわ薄くなるようにすればいいのではないか。しかしフリクション、消した部分は冷蔵庫に入れてしばらく待つとまたでてくるんです。同じように「じわじわ消えペン」も、氷河期が来て人類が滅び、動物も滅び、海も山も全てが氷に覆われたその数万年の間に、じわじわと全てが出てくることとなるでしょう。

書く限りはそれを読む人の気配が必要で、なぜなら言葉は私のものではなく、他人と私の間にあるものだから、永遠が想像できない。過去も想像できない。私は自分の書いたものが十年後に残ってるとは思っていない。残るとしても、今の私には関係がない。この瞬間に燃え尽きていくと信じなければ書けないものが書きたいと願っている。百年後や千年後の人にはその人の人生があり、私には触れることも、すれ違うこともできないものだから、わからないものはわからないままにしておきたいと願っている。

／

椎名林檎が久し振りに聴きたくなった。

「罪と罰」が頭でずっと流れていて、なぜ、と思ったと同時に長いこと、彼女の昔のアルバムを丸ごと聴くということをやっていなかったなと思った。これぞiTunesの功罪。大ファン！　というわけではないけれど、やはり好きで、好きだったという気持ちをここまで、時代によって持ち替えてきたアーティストもいないと思う。好きだし、なによりやっぱり歌詞の言葉が、音と一体化してるのがすごいと思う。私ははっぴいえんどやブランキーの歌詞から言葉の仕事にあこがれて、言葉を書くということを意識し始めたけれど、それと同時に歌詞の仕事にいまだに恐怖がある。それは歌詞を書く、というのは、言葉を書くという行為というより、音楽を書く、という行為だからだ。椎名林檎の歌詞はとくに、「音楽を書く」というかんじがして、怖くなる。

私は歌詞が先行していくような歌が好きで、要するに音楽のそばに行けるほどの澄み切った言葉が、その言葉の力でメロディを引き出している、一歩間違ったら朗読になるような、しかしあくまでそれは音楽だとわかるそんな強度を持った曲が基本は好きで（わかりますか？BLANKEY JET CITYでいうと「３１０４丁目のDANCE HALLに足を向けろ」、大森靖子さんでいうと「hayatochiri」です）、一度でも聞けば、その歌詞を読むときですら、そのメロディが頭から離れなくなる。それで、椎名林檎という人の歌詞もその類いなのだけど、しかし時々何かがどうも違う、と感じる。メロディも言葉と同じ速さで並走している。言葉がメロディを引き出すような強さを持っていながら、そのメロディもまた言葉と同じ速さで走っている。言葉遊びといえるような歌詞があるのもそのためかもしれない、「ストイシズム」という曲のあいだに「パーキング」という言葉が入る瞬間があり、これとか確実にメロディが引き出した言葉なんですよね。でも、言葉が引き出したメロディも混ざりこんでいて、この混合っぷりが聴くたびにとにかく楽しそうで羨ましくなる。椎名さんの歌詞は、書くのが楽しそうな言葉なのだ。

　私にとっての現代詩は、じつは、メロディから引き出された言葉に近いと思っている。言葉からメロディが聞こえますとか、音楽的な言葉ですね、というような褒め言葉もあるのですが、それはあくまで「音楽的」であり音楽とは別のものだと思っている。現代詩は、メロディから引き出され生まれている、はず。しかし、メロディがないのにどこから引きずり出されたのか？　私は書いている側だけどわからない。でも、「パーキング」という言葉の腑に落ちかたは、「あ、これ知っている」という手応えのあるものだった。私は詩を書いているとき、この感覚になると「いまいい詩がかけているな」という実感をする。メロディが聞こえていないけれど、たぶん私は聞こえないタイプのメロディに身を寄せた瞬間を、集中だと思っていて、そこから言葉を引き出して詩にしているのだろう、などと、いうと、妄言に聞こえますか？

私は書いているときに身におきる、手応え的なものを、異様に信じているが（そこを信じないと何にもわからないからだが）、しかしそれが妄想だとか、脳内麻薬物質のみせる幻だとかいう可能性は否定できない。誰かが読んでくれていいねといってくれると、ああ、よかった現実のものだった、と胸をなでおろしている。

多分十年ぐらい前、私は萩尾先生に個人的に何度か「物語の作り方」について相談をしていました。詩人である私にとって、物語とは異質なものでもあり、またそれゆえに強く心惹かれるものでもあります。なぜ、物語というものがこの世に必要で、人はそれを自然なものとして、水や光のように求め続けているのか。そこからわからなかったのだけれど、この世には物語があまりにもたくさんで、そんな本質的なことに改めて疑問を抱くことは、当時の私にはできなかった。詩人だから違和感を抱くのだと思った、自分が詩人としてだけではなく、物語を作る人間として、物語を見ることができれば解決すると思っていた。職能として物語を観察する目を養いたいと思ってしまったからこそこんがらがり、いつまでもその芯にたどり着くことができなかった。

今思えば、どうして物語が必要とされるのかは、「人は生きているから」という答えがふさわしいと思う。人は人であるから、物語を求めるし、物語とは人のためにあるものだ。

私が、先生に教えてもらったことは具体的なことから抽象的なことまで本当にたくさんある。（本にまとめられたら良かったと今も思います。）特に心に残っているのは、先生の話を聞けば聞くほど、物語というものはより未知のものとなって、そして魔法ばかりを感じる、ということだった。そこにはたしかな技術や経験があるはずなのに、圧倒されるのはその奥にある「世界の確信」とも言えるような、運命的なものだった。物語にとって、作り手とは神様だ。世界の神様だけれど、本当は神が神であることを、試し続けるのもまた物語であるのだ。そうして、物語を読むのが人間である限り、神は神であるからといって、人間であることを手放すことはできない。

神というものを想像することができるのは、あなたが人間だからであり、奇跡や才能や時の流れを目で捉えることができるのは、あなたがただ、人間だから。

萩尾望都さんの作品に触れるとき、私は、神様のようだと思うことが多々あった、素晴らしい作品、途方も無い物語に触れたとき、それを作り出したのは神様に違いないと思うし、その実感は先生の話を聞けば聞くほど強化された。でも本当はどこかで神様ではない、と知っていて、人間がそれを作り出したことにこそ、人間として感動していた。人間であるのに、とか、そんなことではなくて、人間でなければ、この宿る神に気づけない、神様として生まれていたら私は物語というものを愛せていなかっただろうと思うからだ。物語とはどこまでも、人間が人間であることから生まれるものなのだ。人が神を超える瞬間が、物語という場には起こり得る。

物語の緻密さとそれを伝える高度な構成に圧倒されるとき、「神を感じる」と私は書いたし信じてきたが、本当は、まるで最初から人間ではなかったかのように、人間というものの巨大さに圧倒されていた。

物語には時間の流れがあり、それを語る人には関心によって他者を引きつけようとする力がある。漫画は絵として言葉として、人の視線やその根っこにある心を引きずり出そうとしている。人を知っている、人だからこそ書けるものが、人ではないかのような圧倒的な力で描かれる。漫画という形式がおもしろいのは、神様のように見える作者が、人間であることを感触を持って教えてくれるということだ。人間として読者に向き合い、人間として意識を物語に引き込もうとする手つきが見える、ということだ。人間であるということを、アップデートし続けるのが「物語る」ということなんだろう。

先日出た『萩尾望都　作画のひみつ』は、萩尾さんの漫画家としての仕事、技術をクローズアップしたもので、書かれていることに圧倒されながらも、その一つ一つの作品が一人の人間の思考によって紡がれてきたという実感を与えるものだった。崇拝であると思っていた感情が、極めて憧れに近いのだと、思い出させる、そうしてそのことを心から嬉しく思う私がいる。

奥底に向こう側

雨が、降るぞえ、雨が、降る。
今宵は、雨が、降るぞえ、な。
たんたら、らららら、らららら、ら、
今宵は、雨が、降るぞえ、な。

中原中也「雨が降るぞえ——病棟挽歌」より

人が思うことや感じることは、人の「奥底」にあるものとして捉えられることも多いけれど、実は地球にまとわりつく雲のようなもので、その底にあるのは、むしろせせらぎや雨音のような、人を通過した向こう側ではないか、と思うことはあり、わたしは10代の頃、それがいっそう寂しくて、人はどうして思ったり感じ取ったりしたことを大事に大事にするのだろう、などということをよく思った。ひどいクラスメイトにひどいことを言われたりとか、街中で起きた凄惨な事件とか、そういうものに掻き毟られながら、寝て起きると日常を取り戻していると感じる自分は、自分が心を軸に持つとは到底思えなかった。踏まれた草が、踏まれてもそこに生えていることや、踏まれたことに気付いてさえいなさそうに見えることとか、非常に共感できてしまった。すぐに人はそういう草を「強い」とか「めげない」とかいうけれど、痛みが草の上辺を撫でて去っていく。枯れてしまったって彼は、そうですかとしか思わないのかもしれない。そういうのは非常に無垢だし、正直でいいなと思っていた。

　言葉とは伝えようとすることで生まれたものだから、気持ちやら考えのために書かれることは多いけれど、本当はわたしはそうではない言葉が好きで、中原中也さんの詩であると「雨が降るぞえ――病棟挽歌」は非常に好きです。これは音であるが言葉であって、言葉であるが音であって、雨音そのものとも違うのだが、雨を見ているとその空気の流れやらみている自分の瞬きの速度やらが全部、この詩に変換されていくように思う。そこにある感情はもちろん併走していくのだけれど、自分が死んでも、自分のいる建物が取り壊されても、この詩だけはずっと流れ続けているのだというその感覚に、なぜか生を受けたような心地よさがあるのです。

学生時代、現代国語の教科書に「一つのメルヘン」が掲載されており、先生がその詩について思うことを書きなさい、とおっしゃったので書いたんだけれど、その感想文が不思議なほど先生に褒められてしまって、わたしはあの時すごく嬉しかったのだと思う。当時わたしは詩が好きだったわけでもなくて、自分が非常に平坦な心の持ち主である気もしたから、その詩について何を思うか、ということを課題を出されるまで考えもしなかったのだけれど、書いてみなさいといわれて書いた時に、風景がただの風景でなくなる瞬間を得たような心地になったのです。それは瞳を借りるようなもの、自分がその風景の前に人として立つことを、感じ取るようなもので、感想を書くことで、わたしは「詩を読む」ということの本当の感触を知ったのだと思う。その実感を先生が気づいてくれたのではないかと思い、それが、非常に嬉しかった。

「一つのメルヘン」は瞳の動きがあり、その瞳による気づきがあるけれど、川の話であり、光の話であり、水の話だ。でも悲しいや嬉しいやつらいという言葉より、ずっと「人の話」だと思った。風景の中に立つことは、それだけでその人が人であることを証明しているのだな、見えるし、聞こえるし、それだけで、その人はもうその人でしかありえない存在になるのだな、ということを、この詩は知らせているのではないか。というか、自然と人間の関係はそもそもそうだったのではないか。わたしは、そういう話を感想文に書いた気がするし、しかし原文はもうどこにも残っていなくて、それでもこの詩がある限りはわたしの体のどこかしらにずっと、原文は残り続けているように思うのです。

アイムアングリー

怒りについて。

私は正直に怒りを怒りのままで表明するのが苦手です。これはもう昔からで、すぐ、何が正しいかとかそういう話にすり替えてしまいそうになる。あぶない。いや、そういうのもこの世の中には必要だと思うのだけれど。しかし、怒りを怒りとして表現することから逃げて、正論ばかりぶつけようとする私は、そのままだと自分の主観を主観として取り扱うこともできなくなりそうで不安なのだ。しかしかといって、怒りを怒りのまま主張するのって難しいよな、暴れるとか、そういうのは主張じゃなくて暴力だし。

けれどもう私は大人だし、大人になるとそんなことも言ってられなくなるのだよなあ。仕事において「それはどうなのか」と思った時、作品の質を保つためにもどうしても怒らなくてはいけない時。お金をもらう責任を果たすためにも、逃げ出すわけにはいかなくて、でも、ただ感情的に暴れたらいいってものでもなくて途方に暮れる。小学校で怒っていた時とは違って、お互いに握手して「ごめんなさい」したらいいってもんでもないし……。そこには問題がありそれは解決しなくてはいけない。そして、どっちが正しいかとかそういうことをはっきりさせるのだって、意味がないんだ（というか、逆効果ですらあるのかもしれない）。怒りは怒りとして伝える、ただし淡々と。それが一番いいんだろうな、と思うようになった。

正直、「私は怒っています」というTシャツを着て、問題を箇条書きした紙を差し出すのが一番いい気もしているんです。私は人と仲良くする方法が心の底からわからないし、学ぼうともしていないので、フレンドリー感皆無だし、「ツッコミづらい」ときっと話す相手はみんな思っているでしょう。だからそんなTシャツ着たら本当に相手は恐怖だと思います。でも、まともに人付き合いのできる人ならこれでいいんじゃないかなあとか考えてしまうのです（まともに人付き合いができる人はこんなことしなくても、ちゃんと距離感はかってしゃべれるはずだということも同時に思います）。

とにかく。淡々と、でも、「これは私の主観です」ということをにおわせなきゃいけない感じ。わかりますか？「感情でものを言うな」とか言う人いますけど、逆に「感情ではなく理屈で説き伏せようとしている」感が出ちゃいけないタイミングって、結構この社会においては多くあるように思うのですが、わかりますか？　もちろん、暴れるとか相手を侮辱するとか、そういうのはただの暴力でしかないけれど。しかし、感情を完全に封じて、相手に理屈だけを語っても、相手には相手の理屈があり、通じていかないってことは多い気がする。仕事は特に、それぞれに役割があり所属もあるので、よっぽど当たり前のこと（人としてやってはいけないこととかそういうの）でない限りは、意外と「常識」と思っていることも共有できていない感じがするのです。

たとえば仕事のやりとりで、私が「これはどうなん」と思うことがあったとしても、相手に悪意があることはほぼないのであり、向こうにも事情があったり、彼らなりの考えがあったりで、その「現状」は「よいもの」として彼らにはうつっていることがほとんどなんですよね。だから、私が怒る、ということがまず予想できていない。だから、私が「怒っている」ということを伝えない限り、冷静に「それより、こっちがいいと思う」と伝えたって、問題意識を共有できないし、解決ではなく妥協点探しに話が傾く気がしています。あと、私が理屈として説明したことが、相手にとってはエゴでしかない見え方をしてしまうことって結構ある気もする。エゴを、まるで正論のようにおしつけて、相手を糾弾しているような空気になることが、ある気がする。コミュニケーション能力がほぼない私だからこそ、そういうことになるのかもしれないけれど、でも、理屈を相手にも理屈として受け止めてもらうのって、かなりの能力が必要じゃないかと思うのですよ。同じ世界に生きている人でもなく、同じ役割を担っているわけでもない人に。たとえば、私は自分の原稿に、勝手に手を入れられるの本当につらくて、誤植っぽい部分だとしても、一旦連絡してほしいし、修正案はこちらで考えさせてほしいのです。でも、そういうのをもしかしたら、「良かれと思って」さっと直して、「これぐらいで手間を取らせるのも」と確認の連絡を省いてしまう人も今後は現れるかもしれません（文学業界は、人の原稿に手を入れることに対しては、こっちが驚くぐらい慎重なので、そういうことはまず起こらないと思いますが）。で、そういうのって、「私は悲しいです」と伝えるしかないんですよね。書いた人に承諾を得るべきではないのか、それが常識じゃないのか、と相手に説明しても、相手は「そっちの業界はそうなんですね」ぐらいの認識で終わったりするし、なんなら私を気遣っての行動だったかもしれず、そこで正論として主張を押し付けると、相手の中にあった理屈や配慮や美意識を全否定することになるかもしれないのです。私はそんなこと、別にしたくないんだよなあ。互いが違う認識で生きているということに対して、互いに慎重でいましょうね、というだけでいいのだし。だとしたら、悲しみ伝えていくしかないよね。怒りを伝えていくしかないよね。淡々と。やはり、Tシャツはよい手だと思う。私がもっとフレンドリーな人間だったらなあ。もしくはそういうTシャツが似合うファンキー詩人だったらなあ。

しかしそうしたさまざまな抵抗を感じながらも話していくうち、怒りを怒りとして、悲しみを悲しみとして、言葉をつくして説明すれば、多くの人がわかってくれる、ということも知りました。もちろん、わかってくれるっていったって、「あなたが正しいです〜！」ってなるわけじゃないし、そんなのは私もほしくない。そうではなくて、「あなたは怒っているんですね」と把握してくれる、ということです。そして、「じゃあ問題をどう解決しましょうか」という話に進むことができるということ。大人になればなるほど、感情を殺して、理屈ばかりこねて、なんだったらずるくなると思っていたのに、今でも（というか今の方がずっと）やっぱり素直さが大事だなあと思えるってふしぎ。まあ、大人なかっこいい仕事の仕方か、というとそうではないですよね、わかっています。しかし私は元気です。

「ぼくの森で声を出すな」

人の心に踏み込む行為だ、表現というのは。

で、だから、それはとても傲慢なことなのではないか？

みたいなことが話されているのをネットで何度か見かけて、でも他人と関わろうとすること自体がすべてすべて傲慢に思える、ぼくは、どうして表現だけがそう言われるのか、どうしてコミュニケーションを取ろう、という態度は同じように批判されないのか、わからなかった。べつにぼくは会話を拒んでいる自分を、誰かに庇ってほしいわけでもないけれど。

誰かに何か言葉を投げかけるとい

うことはそれだけで非常に傲慢なことだ、と思う、ぼくはだから会話が嫌いだ。誰にも極力、話しかけたくはない。他者の感情を指でかきまぜるような行為をしたくはなかった、それぐらいなら話しかけられたことにそれなりの返事をしていきたい。(傲慢というなら、それは他者の視界の中で存在すること自体が傲慢なことであるし、表現はそれを抽出する行為であるというだけだ。)ぼくはそういう身勝手なことを思ってしまうんだよなあ。人は、本当はずっとひとりでいるべきで、それがいちばん安全地帯で、そこを崩壊させて触れ合うのが人と人の関わり合いのすべてなんじゃないかと、怯えている。孤独という感覚がいつの間にか芽生え、一人というものが恐ろしくてたまらないけれど、でもそれさえなければ、みんなじっとしずかに花のように黙って咲いているんじゃないのか。恐ろしさの正体は、結局目の前に集団や社会があるからじゃないのか。ぼくは人との関係性を否定するつもりはないし、愛だとか友情だとか、そういうのはすばらしい。でもそれはやっぱり副産物でしかないのではないかなあ。どんな人との関係にも、崩壊はある。自分というものが壊されて、相手に伝わっていく。その過程でバクテリアが発生し、豊かな土壌が現れることもあるし、愛や友情という名前を飾ることもあるんだろう。でもやっぱり、会話の九割は誤解で作られているし、一瞬の出来事でそれまでのすべてを信じることができなくなる。正しさがあればわかりあえるのかといえばそうではなく、自分を攻撃しようとする「過ち」たちを許せるかと言えばそうではなくて。妥協のないやさしさなんてないし、苛立ちのない叱責なんてないのでは？　中を触れることもできない他人に対して、なんらかの感情を抱くことすらほんとうは図々しいのではとか、思うこともある。

こんなことを書くから冷たいとかドライとか言われるのだ。

冷たいやのなんやの言われると、どこが冷たいねん、と本気で思うこともある。他人がきらいなのではなくて、他人とともにいることがいちばんの自然だとされることに違和感がある。違和感、というのは社会や周囲とのずれでしかなく、自分だけはそれを平熱と思うしかないものじゃないですか。主観やね、主観やけど、私は私なんだから主観が地軸なんですよ！

それでも、ひとと全く関わらないわけではなかった。会話をすることもあるし、それがたのしいとおもうこともあるし、それって寂しさや孤独では説明がつかないことに思う。どこかしらで自分自身を、そこまでのものではない、と思っているのかもしれない。踏み込まれることを拒むほどのものではないんじゃないか。自分自身をぽいっと捨ててしまうことがあるんだろう、そうしてまたしれっと拾っているんだろう。表現をやるのだって、そういうことが可能だから平気なのだ。傲慢だと思う。でも、傲慢だからなんだっていうんだ？他人という存在が、そして他人にとっての自分という存在が、どこまでも傲慢にしか思えなかった私には傲慢が、何の力も持たないカードにしか思えない。人の心で密集している社会に出ておいて、踏み荒さずに生きていけるわけがないよ。表現しようがしまいが、会話をしようがしまいが。つまり私は暗いのでも冷たいのでもなくて、本当は誰よりも能天気でおだやかなんじゃないのかな？　などと、うっかり、書いてみたりする。

話は変わる。

ちいさなころテレビを見ていて、テレビのなかで大爆笑になっている話の内容がちっともわからなくて（なんか時事ネタとか流行語とか絡んでたからだと思う）、文脈がわかんないとおもしろくないものがこの世にはたくさんあるんだなと思った。あのころ、人々が共有しているほとんどの価値がわからなくて、これが綺麗って言われるものなのか、とか、これが美人って言われる人なのか、とかいちいちじっと観察していた。ほとんどの価値基準はその時代の人たちが作っていて、美しさやよろこびすら、きっと、大地に生えた花のような自然さを持ってはいられないのだろう。それって、美しさもよろこびもその時代とともに、人々とともに滅びていくってことなのかなあ。それは寂しいけれど、虚しくはなくなる。すべてを置き去りにして老いるわけではないのかもな。

月見れば！

書き終わった瞬間以外はいつも不安です。書いている時は平気ですが、平気な時はちゃんと書けているので、後で没にしなくてすみます。不安があるとできているものが万が一良くても、なんか怖くて出せません。そうやって残したものを数年後に見つけて「いいじゃーん」となることはありますが、だからって安心できるでしょうか。自分の不安よりも信用できるものはないです。他人の評価はありがたいですが、それは私を作ることがありません。私はいつも自分がそのときに楽しんでいるかということしか気にしていなくて、だから、昔ほとんどの人に何を書いているかよくわからないと言われても、焦ることも傷つくこともありませんでした。それはただ自分には見えていて、見えていたということだけが作品を読み返せばいつも思い出されるからです。といっても、何を見ていたのかは書いていた時の私にしかわからないのですが。そういう、自分にしか見えないものを、ちゃんと信じている人の文章が好きです。その人が何を見ているのかは特に知りたくないのですが、そうやって個人で人は存在できるのだと言葉を通じて知ることができると、それで十分だと感じます。

本当のところ、月を見て平安の人がどんなふうに寂しかったのかはわかりません。今日は十五夜で、満月が綺麗です。百人一首の仕事をみっちりした経験か、満月を見ると「ちぢにものこそ」と頭によぎるような病にかかっているのですが、しかし同じ月を見ているのに多分違う月を見ていたのだろうと、歌を読むと思います。共感というけれど、他人の作品を鑑賞する時にあるのは、自分だけの勝手な発見ばかりで、それを作者に伝えたところで作者は驚くばかりなのだと思う。

月見れば　ちぢにものこそ　悲しけれ　わが身一つの　秋にはあらねど

大江千里

（この歌はあまりにも現代的な詩なのでびっくりする。月を見るといろんなことが悲しくなります。わたしだけの秋ではないのですが、という歌。この感情が世界を飲み込むような錯覚を描いているのは、まるで現代の表現です。そうしてその悲しみや寂しさを孤立した存在ではなく無数の「わたし」の群れの中にいる「わたし」として描くのも、今も昔も都会は同じか、という感覚になります。などというのは完全にこちらの勝手な解釈であり、本来詠まれたものはきっと私の解釈と違うところも多々あるでしょう。たとえば当時の人からすればよりこのわが身一つの秋にはあらねどはインパクトが大きかったはず、秋の存在が今よりも巨大で、そして自己と世界の境界は今ほどにははっきりしていなかっただろうから。）

月そのものについて

だって、千年前の月だからそれなりに違って当然だろうと思いながら、でもそういう意味では変わりないのかもしれない、と考え直す、月のクレーターも特に増えたり減ったりはしていないはず。街灯はまぶしいが、秋の音のようなものが当時はもっとはっきりと部屋にいても耳に入ってきていただろうが、そんなことはあまり関係がなく、ただ、作者と私の肉体が違う、ということだけがこの歌では明らかになっていると感じる。

千年前に生まれていてもこの歌を詠んだ人がその時何を見つめていたのか本当のところはわからないから。わからない分だけ自分が見ているものと重ねて歌を鑑賞するのであり、鑑賞できた時間だけ、漂流するように作者からははぐれていく。(それが嬉しいんです)

人が季節とか天気とか、そういう物で気持ちを詩にしていったのは、肉体の違いがそれにより露呈していくからではないかと思う。

その違いを見せつけたいというよりは、みかんを食べるためにみかんの皮を剥くようなことで、何かを書くなら自動的にそこは剥かれてしまうのだと思う。千年後に自分の歌が残るだなんて大江千里は思わなかっただろうけれど、肉体を飛び石のようにして歌が跳ねていき、自分はより孤独になる感覚はあったのではないか。そしてそれは書く上で手応えですらあったのではないか。いや、そこは私の妄想でしかないのだけれど。

でも書いているとそんなことを思ってしまう。

私は天体の中で月はそこまで好きな部類ではなくて、でも月のことを好きな人たちは好きだ。平安の人はすぐに月を理由にして気持ちを歌にしているので、その人たちが信用している月が、現物の月より得体が知れずたまらないのだ。月に、何を見出しているのかはわからない。わからなくていいし、本当は書いている言葉が何を指しているのかなんて何にせよ、誰にもわかるはずもないこと。それでも月を知っていて、悲しけれを知っていて、私はしかしそれ以上に、その人が私の知らぬ物を心底信じていると感じられて、嬉しいのだった。(読むことで出会った月や悲しけれが全てわたしの中に集約されていくからかもしれません)

天体が美しいのはどんなに真っ直ぐに見ても、長い時間眺めても、ちゃんと見えている気がしないということで、それでも輝いているから、見えないなりに充実があり、その星を見たような心地がする。近眼なのに強烈な光によって「見えた」と錯覚するような感覚。月の砂の質感も知らずに、我々は月を見たつもりでいる。そういうところに、この人の「何を見ているのかは本人にしかわからない」という詩のあるひとつのあり方が重なって、私は百人一首だと月の歌が非常に好きだと思っている。星を通じて他者を、完全に違う生物と捉えている。これはSFだなあと思う。

裸眼をみせて

ぼくは多分世の中を、みんなと同じ解像度で見ることができていない。人との会話のルールもいまだによくわからないし、他人が動くとき、ぼくはいちいち警戒してしまう。雨や曇りや晴れをカーテンの向こうに見つけるぐらいの変化でないと落ち着かない。非常に狭いところでうずくまっているのだ、と思い知るとき、ぼくはぼくの膝を見つめながら、世界を見なければと考えていた。

世界の声がよく聞こえるようになってから、ぼくはその声をちゃんと拾い集めて、ぼくも世界の一部としてあり続けなければと思った。本当はまだうずくまったままなのだけれど、ぼくはそれでもここに所属しているのだし、と、ぼくの想像の生物でしかない「人間」に、ぼくの想像の関係でしかない「人間関係」の問題を語ろうとする。そのときぼくはぞっとして、異物としてしか自分が存在しないことを知って、ぼくはぼくのことしかやっぱりなにもわからないんだと泣きそうになる。人がたくさんいる場所で、ぼくはうずくまっていたいのだ。誰もいない場所に行きたくなくて、でも、ぼくは人がわからない。このことを猛烈にコンプレックスに感じている。

言葉を書くという行為は、ぼくにとって、自分を「みんな」の一部に変えていく行為ではなく、この猛烈な断絶を、際立たせる行為だった。詩人になろうと決めて、詩を選んだわけではないが、断絶し続けることを許す詩はぼくの源である。こころが死んでしまうことは多々あるが、からだは生きていきたいと思っている。言葉とはこの二つがないと成立しないのかもしれない、ここでいう心の死というのは、社会における存在のしなさのことであって、傷つけられるとかそういう関わり合いの末にあるものではなく。誰も何も、していない。

人を傷つけたいあまり、その人の弱点を見つけ出して突こうとする人の怒りってどんな形をしているのだろう。相手に怒りを抱くとき、そこに理由はあるはずで、それを責めなければ報われないこと、たくさんあるはずなのに、その人の身体的特徴や、その人の出自に対して責めるに至るとき、その人の怒りはどこへ向かうのだろう。延々と怒り続けることになるのではないか。

正論を書くつもりはないのに、正論のようになってしまうと、自分はただ何も現実を見ていないだけではないかと不安になる。人を傷つけるというときに、あらわれるのは暴力であって、怒りは起点になるがそれは暴力への言い訳にしかならない。要するにとても暴力を振るいたかっただけなのかもしれない。ぼくは人の気持ちがわからないからそう思ってしまうのかもしれない。

他人の気持ちがわからないと書くのは簡単なことで、気持ちがわからなくてもでも見えているものがあって、それは何？　それはきみにとって確かな「他人」ではないのかと思う。ぼくがいつも思うのはあまりにもみんな「人」のことを見すぎているし、そういう意味での「視力」が良すぎる。ぼくはなんにもわかってないし、わかってないなりに何かを見ていて、だから会話が通じなかったり、結局ひとりごとが一番だと思うようになるのだった。

それでもぼくが書いているのは、なぜかって、それはぼくにも「見えている」から。見えないわけではないからだろう。書けば書くほど、視力が悪いと思い知るかもしれないが、ぼくは時々誰もが本当はこれぐらいの視力で生きているんではないかと思う。

さまざまなメガネをかけて、うまくやっているけれど、でも本当はおふろにはいるとき、ふと裸眼に戻って泣きそうになることがあるんじゃないかと思っている。これは、ぼくが書いている理由ではないが、でもそういう瞬間がこの世の果てにないわけがないと思っています。ぼくはだからまだ、ここにいるんじゃないだろうか。そんな予感はしている。

椅子くれおばけ

幻の両端にあるのが河原みたいなところで、透明なのか茶色なのかわからないような川が流れるその向こう側で現実が手を振っている。（こういうことを書く暇があったらさっさと掃除でも始めたい。）

私は非常に喫茶店が好きで、でもコーヒーは好きじゃなく、ただただ椅子が好きで、自分が座ってもいい椅子（しかし他者が保有するもの）という存在が好きだ。路上で立ちくらみになることも時々ある私は、しかし座る場所がない！　という苦痛をよく味わい、最近はバス停にだってベンチがないし、そもそもベンチという存在がゴミ箱と同じスピードで失われている気がする。椅子というのはどうも他者と共有するものじゃなくなってきている気がするのです。あんまり綺麗なベンチって公共の場では存在しなくなってしまったし。他人の家に行くこともまあ滅多にない私にとって、他者の椅子を借りるという状況は学校を出て以来本当になく、むしろなぜあんなにも学校には椅子があったのか、ということすら考える。学生時代、世界は妙に親切だった。ベンチもバカみたいにあったし、そもそも教室には椅子屋より椅子がたくさんあった。そういう中では他人の椅子を借りるなんて日常茶飯事だったのに、今ではこんなに椅子に困っている。そうして喫茶店で場所代を払って座る椅子に喜びを感じている。年季の入ったソファとか、クッションとかそういうものになぜかロマンを感じている。

他者と場を共有するというのは、妙なことだと思う。場というのは人間そのもの、というか、ようするに「自己」とはテリトリーのことでしかないと時々思う。私にとって人と会話をするというのは、距離感と距離感の交渉でしかなく、それ以上の何物でもない。私は人を自分の家に呼ぶ、というのが本当に嫌いだし、人の家に行くのも「いいのか?」ととてつもない不安な気持ちになり、しかし通された場所がちゃんとした客間であったりすると本当に安心する。ありがたい。人には、必ず「見せたくない巣」を持っていてほしい。ぶっちゃけ、なんて人は平気で言うけれど、やめてほしいよね。ぶっちゃけないでほしいよね。他人は秘密を持ってこそ、他人。だから、秘密はちゃんと保持してください。守ってください。かくしてください。その距離感がないと、その人とどう接したらいいのか、わからなくなるのです。他者が他者である意味が、なくなってしまうのですよ。(たぶんきっと、デリカシーが私にとって重要なコミュニケーション術なんでしょう。)

で、椅子。公共の椅子。これは私にとって、他者とのテリトリーが自分と重なる場所。他者にはかならず遠いところにいてほしいとおもうけれど、自分が出かけて行った先には、こんな重なる場所があってもいいな、と思う。それでいて喫茶店には、境界線がちゃんと用意されていて、隣同士であろうと他人であれば話しかけない。まる聞こえの会話も、表面的には聞こえないふりをする。ただ、他者の存在だけがぶるぶると震えて主張していて、自分が座っている席も、店を出ればすぐに他人のものになるのだという、そんな儚さが落ち着くのです。私は植物ではないし、やっぱり一箇所に根付いて、永遠になにものも近寄らせずにいることは、気持ちが悪いのですよね。それでいてテリトリーは守っていたい。だから喫茶店の椅子が好き。テリトリーを破ることがコミュニケーションである、みたいなよくわからない価値観もいっさいここには存在しない。ただただ、他人の意味不明な会話を聞き流す。それぞれがテリトリーを持っていて、しかしそれがただの孤立ではなく、尊重という形で保持される。それぞれが「踏み込んでくるなよ」という態度でいてくれることのありがたさ。「私の話を聞いて」なんて歌いだしもしない、静けさ。みんなただただ、しれっとコーヒーを飲んでいる。そういう空間が愛おしいのだ。喫茶店最高。上っ面で、嘘くさい、そんなそれそれのわざとらしい孤独が、「他者」のまっとうなあり方で、それらが無数に存在する、夢の場所こそ喫茶店。

神様の友達の友達の友達はぼく

書いていると自分自身ではないものに出会う感覚があります。わたしは「自分の気持ちを書く」というようなことが苦手で、むしろ、「自分は自分でなければならない」「わたしはわたしの気持ちを吐露する存在である」ということを当たり前のこととして求められることがとても気持ち悪く、とにかくそんな世界から脱却したい一心でいます。

幼い頃から「きみはどう思うの」とか「気持ちを教えてくれてありがとう」とか、内側にあるものを吐露することが、深いつながりを作るために大切なんだ、とする考え方が苦手でした。もちろんそうやって信頼を作ることが必要なひともたくさんいるとはおもうのですが、わたしは人間が自分のことを全て把握できているとは思わないし、自分自身で吐露するものは、到底「深海」とは呼べない、浅いところの水だと思うんです。人は怒りや優しさを発揮するとき、その全貌を自分で把握できるんでしょうか？　自分が、「本心」と思うもの、うちに隠していると感じるものを打ち明けることが、つながりを作るというなら、それは打ち明けるという行為そのものの勇気を称えているに過ぎない、と思います。もちろん打ち明けたくて打ち明ける人もたくさんいるとは思うのですが、「自分の気持ちをもっと話してくれないと」とか、「信頼してよ」とか、言われると、どうしてわたしがしたくないことを、「親睦を深めるために」求めてくるんだろうと思ってしまう。それを勇気がないとか、他者を信用してないとかでなじられるのはとても恐ろしいことです。こちらは勇気がないからそれをしないのではない。なぜ脱ぎたくない服を脱げと言われるのかわからない。わたしは人間の建前や、人間のうわべの優しさも好きです。それらもまたその人がその人として選択したものです。正直に思うことを話すことだけがその人の本心であるとも思わないし、わたしはその人自身ではないので、むしろ、その人が気づかないことに気づきたいと思っている。人との関わり合いは本人が言語化できることを受け取ること以上に、本人では見えないものが見えるからこそそのものであるように感じます。

わたしが言葉を書くとき、わたしのことを書こうとか、思っていたことを書こうとはあまり思いません。むしろ言葉の勢いに任せて書くとき、わたしはわたしが知らなかった言葉に出会う瞬間があります。どこからそれが出てきたのか、どうしてこのタイミングで出てきたのか、わからない、というような言葉が出たとき、わたしはわたしを脱ぎ捨て、言葉そのものになれた気がするし、そういう言葉でなければ、読んだ人が、自分でも気付いていない意識の底まで届くことはないように思う。何より、そうでなければ書くことは何ひとつ楽しくないと感じます。

月の、手触りがわかりそうなぼこぼことした表面を見ていると、太陽や、他の星の光はなにかの幻か、それとも夜の向こう側にある燃え盛る地獄の光が穴から漏れているものなのではないかと思ってしまっても仕方がないね。もう慣れてしまったけれど、物心がつく頃には、慣れてしまったけれど、月というのは遠そうなくせに、あんなにもくっきりと、ざらざらした表面を見せてくるから卑怯だ。私たちが遠いと思い込んでいるだけで、ときどき梯子がかかって、上り下りする人影がみえることもある気がする。神戸から東京タワーは見えないが、月面は見えるのだし、思っているよりはずっと近いのかもしれないな。

砂埃が運動場で、かならず週に一回はま

き上り、私はその光景がなんだか月面みたい、と思った。本当は月に風がふくわけがないのだけれど、それでも、その砂の一粒が、月の一粒とつながって、さらさら薄っぺらい梯子を作ることもあり得るだろう。小さな、赤ちゃんより小さなお姫様がそこをするするとおりてきて、うちの近所の竹林に滑り込む。だれかが竹を切るまでそこで、息を潜めて待っている。小さくなってしまったから、誰かに大きくしてもらわなくてはいけません。竹取物語が日本最初の物語だと聞いて、ああやっぱり月のことが特別だったのは、昔から同じだったのだなあ、と思う。本当はかなしいとかさみしいとか、あいつむかつくとか、うまくいかないとか、夢叶えたいとか、諦めきれないとか、思い出にこころがざわつくとか、そんなことは心において上澄みに浮かんでいる水風船でしかなくて、底の方、そこに転がっている石ころには、「草原のさあさあ流れる音」、「水流のきらめきがまぶしすぎて、もう何も見えていないような、そんな気さえする感覚」、「月の表面が、遠視でもないのに妙にくっきり見えて、体の一部が向こうに一瞬、連れ去られてしまったように思う」と、書かれているのかもしれない。そんなことがふと、脳裏をかすめる日があった。私の心は私には、本当は見えない、生物としての心は、自然から離れすぎて、もうほとんど曇ってしまった、誰かを傷つけたりなかよくしたりすることで、なんとか信号を受け取っているけれど、それがすべてじゃないってことぐらいずっと、ずっとわかっている。そのすべてを探すために、私はわざわざ桜を見に行ったり、紅葉を見に行ったり、山に登ったり、沖まで泳いだり、するのかもね。月に慣れたくせに、月に飽きません。この季節になると、「ほら、月がまぶしい」といまだに言いますし、見上げます。性懲りも無く。何度、目にしても惹かれてしまうから、本当に私の半分は、自然の、月のものかもしれない。

ぼくは人と話したくないし、できる限りコミュニケーションを取りたくないと思うけれど、それこそが「鈍感」であるとわかっているつもりだ。繊細とかいわれると痒くなってしまう。誰のことも傷つけずに話し続けられる人こそが繊細なのは当たり前のことで。そういう人たちが、リア充だとか満たされた人たちだとか悩みもないはずだとか、言われているのを見るとなぜかとても傷ついてしまう。彼らが本当に思っていることはなんなのかなんてわからないし、本当に何も考えずに、全てうまくできてしまう人もいるのかもしれないが、でも基本、気を使わずに誰のことも傷つけずに済む、なんてことはなかなかないだろうと思う。自分を面白い人間だと思っている人はどこか鈍感です。誰かを傷つけてしまうかもしれないと恐れながら、それでも相手のために話をやめないでいるひと。最初から話をやめて黙り込む、ぼくみたいなのは沈黙だって暴力であることを、わかっているくせに行使しているからロクでもありません。話し続ける明るいひとびと。そういう人たちの繊細さに気づいてほしいと、どの立場からかもわからないまま祈っています。

明るい人や楽しい人たちが抱えているものについて、私は何も知らないが、そういう人たちを敵視することが昔からどうしても苦手だった。それは、気を使う彼らは、話すことを諦めているような私みたいな存在にこそ、傷つくとわかっているからだ。私は仲良くしたくない、友達も作りたくない、そういうことに楽しさや幸せを感じないが、でも楽しそうな街にいると、居心地が悪くて、息が苦しい。それを寂しさと言ってしまうのはあほらしくて、本当は、自分が相手を傷つける可能性についてただ知っているからだと思った。

打ち合わせとかで私はなんだかんだ話すので、「コミュニケーション嫌いには見えない」と言われるのだけれど、それはこの可能性をなんとか避けようと、雑な拒絶ではなく、丁寧な拒絶を心がけているからかもしれない。距離を縮めたくないとき、沈黙はあまり意味がなく、ただただ乱暴であるから。礼儀としての会話を必死でやっている。それはでもなんにも親切ではなくて、研いだ包丁か、研がない包丁か、ってだけのような気も、薄々している。

あとがき

生きていることの幸福、というものを語るのも語られるのもめんどうで、そうではないでしょうと言いたくなるというか、生きていないかもしれないよ、とそっとそうやって熱心に命を愛する人の頬に触れられる、風みたいになりたいと思うこともある。相手も生きているのだ、ということを忘れて、乱暴な態度を取ったり、相手の豊かさや未知なところを軽視して、踏み荒らすことは私だって嫌いだけれど、そんなには私は生きてないよなあ、と、ビルとビルが包んでいる冬の空とか見上げていると、思うし、そう思えた方が健全だなあと感じる。

人工的なもの、機械が作った食べ物や衣服を身にまとって、それから造花でできた飾りや、人が削り出した石を窓に引っ掛けたり。そういうことを繰り返していますが、それは体温がないことかもしれないけれど、朝の冷え切った踵だとか、瞼の冷たさとか、耳の無感覚なところとかに、むしろずっと近くて、安心をします。私は裸足で森を走れない、ということはコンプレックスに思わなくてもいいことです。森とはもう大昔にお別れをしてしまった、お客さんとしてしかそこに入っていけない。でもそれで、センチメンタルになることこそ、一番森に悪いと思う。こんな話をしても何も伝わらないことはわかっています。

私がエッセイを書くというのは変なことだと時折言われて、それは、身元を明らかにしていない、作品が「自分の感情の吐露」じゃないから、ということなのだけど、しかし人は本当に、「生きる」ということだけで描き切れるんだろうか、とも思う。他人の視界のなかで、今自分はフェンスや電柱とかと同一の価値しかみなされてないな、と気づくことはあるし、そうやって静かに自分の肌の冷たさや、人工的な部分に耳を澄ますのがちょうどいいときもある。友達には優しい人たちが興味のない私に対して、当たり前に冷淡であることも多くありますが、悲しいも腹がたつもない、そんなのは当たり前のことだと思っていて、でもそれが、少しも自分を卑下することにつながっていかない。誰かにとっては電柱程度の存在感しかない自分も、自分の一部であるはずです。この世界における私が、ちっぽけな一人でしかないとしても何も揺らぐことがない、そのときの私は、なんなのだろう、生きているという要素は薄れ、世界からは軽視され、けれどその分、走る車についた雨粒が、一つずつ確かに信号の赤色を反射していると気づいていた。私は、肉体のものになるつもりはないです、生きるから私はここにいる、と思うのはなんだかくだらないです、眠っていても死んでしまっても、世界は「私以外の全て」として私を囲っている。それは「私がいる」という事実を、それだけで形作ります。

生きることは素晴らしいですが、それでも人は死ぬし、人は数人のことぐらいしか愛せません。それでも、その事実を否定しなくていい、その事実が生きることの素晴らしさを、損なうことはないと感じる。

私は、私が書く言葉が生々しいと思っているし、それは、私が私を開陳しているからではない、生きることの記録をしているからでもないです。そのどちらでもないのに書いていて、生々しいと感じるのは、世界の生々しさがそこにあるからではないかと思う。言葉があってよかったです。生きていないところにも、人は宿ります。生きる限り。

読んでくださってありがとうございます。

最果タヒ（Tahi Saihate）　詩人。一九八六年生まれ。二〇〇六年、現代詩手帖賞受賞。二〇〇八年、第一詩集『グッドモーニング』で中原中也賞を受賞。二〇一五年、詩集『死んでしまう系のぼくらに』で現代詩花椿賞を受賞。その他の主な詩集に『空が分裂する』『夜空はいつでも最高密度の青色だ』（二〇一七年、石井裕也監督により映画化）『恋人たちはせーので光る』『夜景座生まれ』など。作詞提供もおこなう。清川あさみとの共著『千年後の百人一首』では一〇〇首の現代語訳をし、翌年、案内エッセイ『百人一首という感情』刊行。エッセイ集に『きみの言い訳は最高の芸術』『もぐ∞』『「好き」の因数分解』、小説に『星か獣になる季節』『少女ABCDEFGHIJKLMN』『十代に共感する奴はみんな嘘つき』、絵本に『ここは』（絵 及川賢治）、対談集に『ことばの恐竜』。
公式サイト：http://tahi.jp/

初出

いつも物を盗む友達　平凡社「こころ」第57号
不自由卒業式　PARCO「ふと、ギフト。パルコ」２０１９〜２０２０年
3年後の追記　書き下ろし
勇敢なるがんばれよ　PARCO「ふと、ギフト。パルコ」２０１９〜２０２０年
２０２００４０１　ネット
故に我あり書店　ネット
人間を更新する　新潮社「波」２０２０年５月号
奥底に向こう側　「中原中也研究」第25号
神様の友達の友達はぼく　「CREATIVE VILLAGE」（書面インタビューへの回答を改稿）
その他はちくま２０１６年５月号〜２０２１年５月号「最果からお届けします。」より抜粋の上、適宜加筆修正を施した。

神様《かみさま》の友達《ともだち》の友達《ともだち》の友達《ともだち》はぼく

二〇二一年一一月三〇日　初版第一刷発行

著　者　最果タヒ
発行者　喜入冬子
発行所　株式会社筑摩書房
〒一一一-八七五五　東京都台東区蔵前二-五-三
電話　〇三-五六八七-二六〇一（代表）
印　刷　凸版印刷株式会社
製　本　加藤製本株式会社

Printed in Japan　ISBN978-4-480-81554-5 C0095